あなたが気づかなかった花

伊藤朱里

PHP
文芸文庫

○本表紙デザイン＋ロゴ＝川上成夫

あなたが気づかなかった花　目次

一月　椿（侘助）「慰めてあげます」　6
二月　沈丁花「甘い生活」　16
三月　杏「乙女のはにかみ」　26
四月　レンゲ「あなたと一緒なら苦痛が和らぐ」　36
五月　カーネーション（黄色）「軽蔑」　47
六月　アマリリス「おしゃべり」　57
七月　紅花「特別な人」　66
八月　ハイビスカス「勇気ある行動」　76
九月　リンドウ（青色）「悲しんでいるあなたを愛する」　86
十月　キンモクセイ「陶酔」　96
十一月　ローズマリー「あなたは私を蘇らせる」　106
十二月　カネノナルキ「幸運を招く」　116

一月　バンクシア「心地よい孤独」 126
二月　水仙「自己愛」 136
三月　クリスマスローズ「追憶」 146
四月　チューリップ「愛の告白」 155
五月　月桂樹「裏切り」 165
六月　紫陽花「あなたは冷たい」 175
七月　ホウセンカ「私に触れないで」 185
八月　向日葵「あなただけを見つめる」 195
九月　チョコレートコスモス「恋の終わり」 205
十月　カトレア「わがままな美人」 216
十一月　ホトトギス「永遠にあなたのもの」 226
十二月　ブルーローズ「夢叶う」 237

一月　椿（侘助）「慰めてあげます」

　わたしの恋は枯れた椿のように落ちた。

　そんなふうに考えてから、あまりに自分の感性が演歌に染まっていて絶望する。演歌に罪はないけど、わたしはこの感情をもっと軽やかに浄化したいのだ。透明なサイダーのように、淡く弾けてほんのり痛くて最後には泣き笑いになる、それくらい爽やかなものになるまで濾過（ろか）したい。ほら、これなら流行（はや）りのポップスの歌詞にできそうなのに。よりによって、真っ先に浮かぶのが「枯れた椿」だなんて。

「未咲（みさき）」

　ポップスがサイダーなら演歌は抹茶だ。それも、この胸に渦巻くどろどろを濾過どころか凝縮させたような、茶碗（ちゃわん）を傾けても落ちてこない練られたお濃茶。

「未咲、なにをぼんやりしているの」

　そもそも、ポップスという表現を最近聞かないかも。もしかして死語なのかな？　若いうちに昔の文化に影響されるなら、まだ「渋いねえ」と笑ってもらえる。自分ではずっと若いつもりのまま、知らないあいだにどんどん本当に古びていって、気づかないまま時代に取り残されてしまうのがいちばん怖い。

「未咲！　そんな活け方じゃ、せっかくの椿がうなだれるでしょう」

いつのまにか隣に来ていた祖母が、ぴしゃりと言ってわたしの手から花入れと椿の枝を取り上げた。黙って見返すと「ひどい顔。せっかくの初釜に辛気臭い」と溜息をつかれ、辛気臭く育てたのはそっちじゃん、と言いたいのを我慢する。ただでさえ弁が立つ祖母と、この状態で言い合って勝てるとは思えない。

早くに亡くなった父と仕事で忙しい母に代わり、幼いころから面倒を見てくれたのがこの祖母だ。その影響か、わたしは大人に「渋いねえ」と感心されがちな子供だった。オムライスやハンバーグより塩辛や漬物が好きだったし、登下校中の鼻歌は「舟唄」や「越冬つばめ」だった。いまだって、頭の中を巡っているのは「流行りのポップス」じゃない。

こいは、わたしのこいは、そらをそめて、もえたよ。

「生意気に、なにを燃やしたって言うの」

冷たく遮られて、やっと我に返った。知らないあいだに口にも出ていたらしい。

「どうせ指をくわえて見ているだけだったくせに。椿姫に負けるのも当然ね」

黙ってしまったわたしに、祖母は「こっちはお母さんに手伝ってもらうから、おまえは先に着替えておいで」と無情な態度で手を振った。これだからバレたくなかったのに。顔色が悪いけど失恋でもしたの、とかまをかけられてとっさに「なんでわかるの?」と口走ったあげく、訊かれるがまま「椿姫」のことまで話してしまった自分を呪いたい。

　飛び石を蹴るように小走りで庭を横切る。うちはもともと父方の実家で、離れは父が生前に書斎にしていた場所だ。父と母方の祖父が相次いで亡くなった後、母との同居にあたって祖母の出した条件が「茶道教室を続けられるよう、離れを茶室に改築すること」だったらしい。昔から祖母には妙に人望があり、電車を乗り継いで習いに来る古参の生徒さんもいれば、こちらに来てから新しく集まったご近所さんもいて、週末ごとにうちはけっこう賑(にぎ)わう。今日は初釜と呼ばれる新年の集まりだからなおさらで、わたしも本当は寝込んでいたいところを朝から準備に駆り出され、本番でも半東(はんとう)として、亭主の祖母の手伝いをさせられる段取りになっていた。

「考え事をする暇がないほうがいいでしょ」

　祖母はしれっとそう言ったけど、ただ体(てい)よくこき使いたいだけだと思う。

　母と交代し、母屋の和室でサーモンピンク（祖母には「生臭い、鴇色(ときいろ)とお言い」と叱(しか)られた）の色無地(いろむじ)に着替えた。姿見の前で帯を直しつつ、魔法少女のように一周する。茶室ではバレッタやシュシュといったアクセサリーは原則禁止だし和装に合わせて自分で結うのも面倒だから、わたしはずっと髪を日本人形のような黒々としたショートボブ、祖母が言うところの「おかっぱ」に切り揃えている。

三十歳、女子大出身、趣味は茶道で特技は着付け。悪くない、悪くない。自分に言い聞かせつつ、わたしはくるくる回りつづける。現に職場の男性陣からの受けも悪くなくて、たとえば絶対につまらないであろう飲み会に誘われたときも「明日は朝からお茶のお稽古で」と言えば、たいてい角を立てずに断れるどころか好感度まで上がってくれた。いまどき古風で珍しい。どうりで控えめな感じだと思った。大和撫子。お嬢様っぽくていいね。

いいね！　いいね！　いいね！

足袋を履いた足がもつれ、わたしはすとんとその場に崩れ落ちた。ほどけた帯が解けた魔法のように遅れてぱらぱら降ってくる。

ばかみたい。ちっともよくない。

失恋がこんなに痛手なら、早いうちからもっと遊んで免疫を作っておけばよかった。祖母のせいだ。昔から休日はほぼ稽古の予定で埋まっていたし、茶髪もピアスも「生徒さんに申し訳が立たない」というよくわからない理由で禁止された。おかげでずっと「なにも知らない箱入り娘」として周囲から扱われ、キャラがあると楽ではあるのでずるずるそれに甘んじていたら、とうとう本当に「なにも知らない」まま三十歳、娘とも呼べない年齢になってしまった。

「未咲、見て。あれシャネルだよ」

だからあのときも、そう教えてくれたのは綾だった。仕事納めの夜、仲のいい同期何人かと女子会と称してイタリアンバルへ行く途中、ライトアップされた街路樹の一角で彼を見つけたとき。その目がふとこちらを向き、わたしの心臓が跳ねかけたところで彼ははるか手前に焦点を合わせて微笑んだ。その笑顔に吸い寄せられるように白いコートの女性が隣に並び、明るい栗色に染めた長い髪をそっと耳にかけた。イルミネーションの光を受けて、その華奢な耳元で大振りのピアスがきらめいたのが、遠目にもわかった。

「カメリアコレクション。どんどん値上がりしてるから、小さくても五十万はくだらないはず。あのサイズなら三桁行くかも」

みんなの憧れである人事課の先輩と、その美貌から「姫君」とあだ名される私たちの同期の女の子が一緒にいるという事実を当然のようにスルーして、綾は感心したようにそう言った。

「あの子、いま秘書課の上司と付き合ってるって噂になってなかった?」

溜息をついたのはわたしではなく、後ろにいた同期のひとりだった。

「この歳で妻子持ちに本気になったところで未来ないし、いいかげん狩猟モードになったってことじゃないの」

「同期の男たちからちやほやされても相手にしなかったくせに、いざとなったら速攻で出世株を押さえられるのがさすがだわ」

「うちらみたいな売れ残りにならないために必死なんだろうねー」

　不毛な会話に空気が淀みかけたところで、綾が「はいはい、今夜は売れ残り同士でとことん飲もうねー」と明るく言った。ひどーい、と笑いながらまたみんなが歩き出すのをよそに、わたしは去っていく先輩と「姫君」の背中を、未咲も行くよ、と綾に呼ばれるまで呆然と見送っていた。

　その夜、わたしは入社当初からずっとひそかにあたため、昨年仕事で接点を持ったことでとうとう抑えきれなくなった恋心を、スパークリングワインとかシードルとか、軽やかに泡立つアルコールに任せて綾たちに打ち明けるつもりでいた。うちら、と言われて初めて、片想いの恋愛相談なんて女子高生気分でいたのが自分だけだったことを悟った。みんなのほうを見られなくて、かといって彼の表情も見たくなくて、きらめくピアスを眺めていたらいつしかそれが目に焼きついてしまった。

　カメリア。椿。茶道をたしなむ身には慣れ親しんだ花だ。華やかな外見とは裏腹に香りがないことから、控えめさや謙虚などの美徳の象徴とされる。一方、海外の有名な悲劇に使われたことで「魔性の女」の印象もある。

　そして、枯れたらまるで首が斬（き）られるように、予兆もないままぼとりと落ちる。


「あら、今年は侘助（わびすけ）ですか」

　中立（なかだ）ちと呼ばれる片付けを済ませ、ふたたび茶室に入ってきた生徒さんのひとりが、茶の間に飾られた細い首の花入れを見てそう言った。初釜の定番である結び柳とともに活けられた椿は、一見まだ開ききっていないように思える。根元が白く、先端に向かうにつれてほんのりと紅色が混ざる。

「珍しいですね。先生、椿ならはっきりしたもののほうがお好きなのに。曙（あけぼの）とか、太神楽（だいかぐら）とか」

「だって侘助って、筒咲（つつざ）きというのだけど、咲いたのか咲いていないのかよくわからないでしょう。ぼんやりしていて、勘違いしちゃう」

　上品な笑い声が響く中、わたしは内心肩をすくめる。ぼんやり、は昔から、祖母がわたしを叱るときによく使う言葉だ。

「でも、今回は目に留まったの。そういう慎ましいというか、奥ゆかしいのが」

「わかります。最近の若い方たちは、みんな主張が強くて。謙虚さは日本古来の美徳なのに、どんどん失われていくのは切ないですね」

ええ、まったく、本当にね。生徒さんたちの相槌（あいづち）の輪唱の中で祖母の陰に控えながら、わたしはもう少しで、この上品な場にふさわしくない台詞（せりふ）を吐き捨てそうだった。うるせえよ。

なにが謙虚だ。椿がきれいに咲いていなかったら、きっと美徳の象徴にもされなかったはずだ。そんなふうにもてはやされる時点で目立った者勝ちということじゃないか。どんな形でも満開に花を咲かせて、自分をアピールしないと意味がない。

わたしには、いまから自分の花を咲かせる方法なんてわからない。胸を張ってアピールできる魅力もない。かといって、年相応の「売れ残り」らしい態度も学びそびれた。名前のとおり、まだ咲かない、いつ咲くんだろう、と言いながら、とっくにその時期を過ぎてしまった気がする。

すべての花が満開になれるとはかぎらない。わたしはこうしてずっと中途半端な蕾（つぼみ）のまま、ふいにぼとりと落ちて終わってしまうのかもしれない。

そう思ったら急に泣きそうになって、とっさに下を向いたときだった。

「私は、いい時代になったと思いますよ」

ふいに、祖母が凛（りん）とした声で言った。

「謙虚さや控えめさは、無理やり黙らされることとは違いますから。秘めていたければ黙るもよし、私のようにぺらぺらしゃべるもよし。どちらの想いも、価値はおんなじです」

　しんとした茶室を見回して、祖母が唐突にこちらを振り返った。とっさに身構える。この人なら、孫の失恋を世間話のネタにくらいしかねない。

「うちの子の名前ですけれど、本当は美しく咲くと書いて『美咲』にするつもりだと、生前この子の父親から相談を受けていたんです」

　初めて聞く話だ。どうしていいま？　他の人たちも不思議そうにしている。

「でも、私が変えさせたの。満開にならないくらいがちょうどいいのよって。まだかしら、いつかしら、と期待されているくらいが。それに、美しく咲ききったら、あとは散るだけでしょう。叶ってしまった恋みたいで、つまらないじゃない」

　あらー、と場を絶句させておきながら、祖母はいかにも「控えめ」に笑ってみせた。

「それにこの子、若い時分の私に瓜二つだから。美しく咲く、なんて名前負けしそうで、かわいそうだったのよ」

　困惑したようなお世辞が飛び交う中、わたしだけが知っている。幼いころ写真で見た、正確には見せられた若き日の祖母は、椿姫も裸足で逃げ出す絶世の美女だった。この人のことだ、当時から自覚はあったに違いない。

　どこまで建前でどこまで本音だか。まるで、幾重にも花弁が被さった椿みたい。

わたしは傍目(はため)にはにこやかにふるまいながら、祖母の目にだけ入るタイミングで素早く舌を出してみせた。祖母はふふんと鼻で笑い、居住まいを正すふりをして身をよじりつつ、わたしの耳にだけ聞こえるようそっとささやく。

まだまだ、こどもね。

わたしの性格の悪さと、それを幾重にも包み隠す狡猾(こうかつ)さは、まず間違いなく祖母譲りだ。

二月　沈丁花　「甘い生活」

「お母さん、これ、捨てておいて」

　そう言いながら、結(ゆい)は玄関先から無造作に一本の枝を差し出した。先端には小さな白い花弁が、毬(まり)のようにいくつもまるく身を寄せ合っている。まだ咲いたばかりなのか、竹を思わせる細長い葉にも鮮やかな艶があった。

「まあ、沈丁花(じんちょうげ)」

　月に二度、近所の茶道教室に通っている娘は、そのたびに茶室に活けてあったという花をこうして持ち帰る。本人いわく「先生から押しつけられる」のだそうだ。

「そろそろ、先生にお礼をしないとね」

　枝を受け取りながらつぶやくと、結は「なんで?」と鋭く私を睨(にら)んだ。

「だって、頂いてばかりじゃ悪いもの」

「お母さんが気にすることじゃないでしょ。月謝は私の貯金から払ってるんだし」

「そんな言い方をしなくても」

「よけいな気を回さないで。ほんとにお人よしなんだから。そんなんだからずっといいように利用されてきたんでしょ、そろそろ気づきなよ」

先日三十歳を迎えた結は、大学を卒業してから勤めていた会社を半年前に退職し、一人暮らしをやめてこの家に戻ってきた。以来、ずっと刺々(とげとげ)しい態度を崩さない。昔から気が強い子ではあったし、ままならない転職活動に対する焦(あせ)りもあるのだろうが、まるでこんな場所にはいたくない、あなたと一緒にしてほしくない、そもそもこうなったのはおまえのせいだと、つねに全身を使って喚(わめ)き立てているかのようだ。

「晩ごはんは？」

「食べてきた」

結が部屋に戻ってドアを閉める音を聞いてから、私は沈丁花を顔の前まで持ち上げてそっと息を吸った。同じ甘い香りの花でも、金木犀(きんもくせい)やくちなしほどには主張が強くない。辺り一帯の空気の淀みを払うような、軽やかで清潔な青さがある。

捨てておくように言ったはずの花が視界に入れば、結はまた機嫌を損ねるだろう。私はいつものように台所でコップをひとつ取り、水道水に漂白剤を一滴垂らすと、そこに活けた沈丁花を自分の寝室へと運んだ。

父がいたころ、私の生まれ育ったこの家は、ずっと酒と煙草のにおいがした。わざわざ消臭剤や空気清浄機を置くような家庭ではなかった。だから、そのにおいが自分の肌にまで沁み込んでいるんじゃないかと、幼い私は家族以外の人と話すたびに怯えていた。妻や娘とまともに目も合わせないのに物音ばかり大きく立てて存在を誇示したがる父も、うちでは金切り声を上げるくせに外ではすまし顔をしている見栄っ張りの母も、ひとしく恐怖と憎しみの対象だった。

「よその女のにおいがするよっ」

父と喧嘩をするたびに、母はそう罵った。真実はもう知るよしもないが、あれだけアルコールとニコチン臭が充満する環境にいたら、わかりようがないだろうといまでも思う。

短大在学中、アルバイト先の会計事務所で出会った五歳上の男性は、酒も煙草も嗜まない人だった。それだけでもう十分だったのに、腹立ちまぎれに手近な物を殴ることも、大声を出すこともなかった。彼に選んでもらえたことで、私はやっと本当の人生が始められると舞い上がった。だが意外にも、母は結婚に難色を示した。家柄にも職歴にも文句のつけようがないはずの相手に、自分の「女の勘」とやらが働くのだと言って。

「そんなものがあるなら、自分の結婚のときに働かせればよかったじゃない」

珍しく反論できたのは、どうせもうここから逃げられると気が大きくなっていたせいだ。私の卑怯な思惑を見抜いたのか、母はふんと鼻を鳴らした。てっきり怒鳴られるかと思っていたので拍子抜けしたが、続く言葉を聞いてみれば、そのほうがずっとましだった。

「おまえも見る目がないよ。いかにも人畜無害でございって顔で身ぎれいにしてはいるけどね、あの男には、においがない」

「……は？」

「実態がないんだよ。ああいう男は、ひとつのところに留まっていられないんだ」

とっさに返しかけた台詞は、いくら気が大きくなっていたとしても、重すぎて喉から先に出なかった。そんなふうだから、お母さんはずっと不幸なままなのよ。

短大卒業と同時に家を出て、結婚し、三年後に結が産まれた。彼――夫からはいつも、長年愛用しているというシェービングクリームと、私が新しい家族のために選んだボディソープのにおいがした。他にも、私は家じゅうに花を絶やさず、毎晩できるかぎり凝った料理を食卓に並べ、それらをいっそう香り立たせることにつねに心を配った。だから、夫の肌にいつしか滲んでいた「よその女」のにおいにまるで気づかなかった。当然だ。日々消臭スプレーを振りまき、こまめに洗濯機を回して、まぬけにも、みずからせっせと洗い流していたのだから。

離婚してほどなく養育費の支払いは滞ったが、督促するだけの気力などもうなかった。そうなると、私の収入でも娘と一緒に暮らせる場所は実家くらいしかなく、結が小学校を卒業するのを待って戻ることを決めた。父は私の結婚後すぐに不摂生がたたって死んでいたが、それでもなお、私の嫌いなあのにおいは、うちに入ったそばからじっとりと鼻にまとわりついてきた。

「おまえたち、におうね」

玄関で私たちを迎えた母が、お帰り、や、いらっしゃい、より先に放った第一声に、私の背後にいた結がひゅっと息を呑んだ。

「芳香剤と、洗剤ね。あたしは鼻が敏感なの。頭が痛くなるからこのうちでは金輪際やめてちょうだい。それと」

私が父の仏壇に供えようといちおう持ってきた花束を、母は汚物でも運ばれてきたようにじろりと睨みつけた。

「その花、すぐに捨ててきて。花粉が飛ぶでしょう。あたしはひどい花粉症なんだから」

夕方、スーパーの入口にある花売り場でぼんやり仏花用の菊やカスミソウを眺めていると、背後から「木村さん、こんにちは」と声をかけられた。

振り向くと、橘さんが立っている。結の同級生である未咲ちゃんのお母さんだ。おっとりした未咲ちゃんと気が強い結は一見正反対だが、家が近いこともあってか中学のときからずっと仲がいい。現に、会社を辞めて地元に戻ってからふさぎこんでいる結を心配した未咲ちゃんは、自分の祖母、つまり橘さんのお母様の茶道教室に結を誘ってくれた。少しは功を奏したのか、以来、結は前ほど近所に出歩くことを厭(いと)わなくなっている。

「いつも結がお世話になっております」

「いいえ。母が褒めていますよ、しっかり者で教えていて楽しいって。昔から、結ちゃんはなんでもできたものね。それに比べて、未咲はいつまでも子供っぽくて」

　寒さでほんのり赤くなった頬に困ったように手を当てながらも、その口調は甘かった。あまり化粧をしていないらしいのに、橘さんからはいつもいい香りがする。ほのかだが芳(かぐわ)しい、邪気を寄せつけまいとするようなその香りは、私がまだ若かったころに流行った曲の歌詞を思い起こさせた――いとし面影(おもかげ)の沈丁花。

　橘さんは夫を早くに亡くしているが、生前は見るからに仲睦まじい様子だった。幸せな家庭で愛された記憶は、時を経てもこうして本人を守るのかもしれない。かつては私も、こんなふうに幸せの残り香を振りまきながら、家族の甘い愚痴(ぐち)をこぼしていたはずだ。

　いまや、そんなそぶりは通じない。私が結婚に失敗して出戻ったこと、母が慰謝料の支払いを求めて前の夫に訴訟（そしょう）を起こしたこと、けっきょくそのお金で私が老いてますます傍若無人（ぼうじゃくぶじん）になった母を施設に入れたこと、すべてが隣近所に筒抜けなのだから。うちに戻ってきた結が、外出したがらなかったのも無理はない。

「そんなふうだから、お母さんはずっと不幸なままなんだよ」

　私が母に言えなかった捨て台詞は、皮肉にも、大人になった結の口からまっすぐ私自身のもとに戻ってきた。

「人の顔色ばかりうかがって。自分の頭で考えたり、自分のために行動したりすることができないの？　私は、お母さんみたいにならない。自分の力で生きていく」

　においがない、と母が称した男は、不貞の相手に子供ができたと知るや、最初から決めていたようにあっさり私たちを捨てた。十年以上連れ添ったとは思えない、唐突な幕切れだった。ただ、それだけのあいだ、あんな穏やかな日々が私なんかの人生に存在しただけでも贅沢（ぜいたく）だったのかもしれない。罵声（ばせい）も悪臭もない毎日。静かで幸福な暮らし。夢のような、甘い生活。

「木村さんも、今日はお花をお探しですか」

「いえ、ちょっとぼんやりしてしまって。橘さんは……」

「私は、母の教室用の茶花（ちゃばな）を探しに来たんです。母が骨董市（こっとういち）で新しい花入れを手に入れたから、すぐに使いたいって聞かなくて」

「そういえば、橘先生にお礼をお伝えください。お稽古のたびに娘がお花を頂いて帰るんです」

「あらそんな、むしろ申し訳ないです。使い終えたものを引き取ってくださって」

「いいえ。先日も、きれいな沈丁花を」

「え？　なにかの間違いじゃないかしら。沈丁花は、茶花には使いませんよ」

　予想外の言葉に、返事をするのを忘れた。

「昔から、花入に入れさる花は沈丁花、みやましきみにけいとうの花、と言ってね。お茶室に香りの強い花、棘や毒のある花は御法度（はっと）なの。そんなものを買って帰ったら、私、母にうちから叩き出されてしまいます」

　ころころとほがらかに笑う橘さんが、叩き出される、という物騒な表現を用いたことが意外だった。ただの言葉のあやだろうか。

「私、てっきりお宅に咲いていた沈丁花かと思っていました」

「いいえ、うちの庭にはないはずです」

「そうですか。なんだか、橘さんからも香りがした気がして」

「きっと沈香（じんこう）ですね。お茶室で使うお香。さっき、和室の掃除を手伝ったから」

　おっとりと答えてから、橘さんはなぜか、少女のように目を輝かせた。

「ご存じ？　沈丁花の香りは、花そのものからはとれないんです。全体に毒があるせいで抽出が難しいんですって」

へえ、と、我ながらまぬけな声で答える。

「だから、お香や精油に使われる沈丁花の香りはすべて、合成したものなんです。おかしな話ですよね、香りの強い花は茶室に持ち込むなと言っておいて、わざわざ似たお香を作って焚きしめておくなんて。勝手だし矛盾しているし」

「……そうですね」

「だけど、それが『人間臭さ』なのかもしれません……なんて。説教じみたことを言ってごめんなさいね。母の影響かしら」

橘さんはなにも買わずにスーパーを出て行った。新しい花入れにふさわしいものがないので、隣町にある評判のいい花屋へ足を延ばすという。ひょっとして、結もわざわざそこまで行ったのだろうか。うちの近所に沈丁花を置いていそうな店はないし、外に生えているものをわざわざ切り取るとも思えない。

もしそうだとしたら、いつからだろう。

私は茶道教室の帰りに、回り道をして花屋に寄る結の姿を想像した。私のために。結が幼いころは、いつもうちに花を絶やさなかった私のために。夫と別れてあの家に戻ってから、花粉症の母がいなくなっても、考えることを放棄するようにその習慣を忘れていた私のために。

——ほんとにお人よしなんだから。

花売り場に背を向け、スーパーの奥へと進む。切れかけている柔軟剤を買い替えよう、と思った。それを使って、年末の大掃除で洗濯しそびれていたカーテンを洗おう。風とともに生活に吹き込む新鮮な甘い香りに、もしかしたら、結も気がついてくれるかもしれない。

三月　杏「乙女のはにかみ」

「……もしかして、水瀬さん？」

　私の呼びかけにこちらを向いた水瀬はるかは、キャンドルに照らされてきらきらと潤んだ目でまばたきをした。一見控えめな黒のタートルネックはよく観察するとシースルー素材で、下に着たキャミソールと胸元の肌がうっすら透けているのが暗い中でもわかる。三十にもなるとわかりやすい露出は好まれないし、これくらいのほうが男性受けもいいのだろう。さすがは同期でいちばんの美人と名高いだけあって、自己演出の仕方を心得ている。

「北川さん。偶然だね」

　言いながら、水瀬は隣のスツールに置いたディオールのブックトートを躊躇なく足下に移した。入社一年目からハイブランドを身につけていたし、実家が裕福だという噂は本当らしい。ともあれ、ディオールを追いやったのだからそこに座らざるを得ない。トレンチコートを壁際のハンガーに掛けつつ、天を仰ぎたいのをこらえるのに必死だった。どうしてこんな駅から離れたバーにいるの、秘書課の「姫君」が。しかも年度末の金曜に、ひとりで。

「水瀬さん、部署の送別会とかいいの?」

「うん。なんだか気が乗らなくって」

あだ名にふさわしい気まぐれさになかば感心していると、顔なじみのマスターが「なになさいますか」とおしぼりを持ってきてくれた。

ひそかに行きつけにしているこのバーで、私は具体的な注文をしたことがない。その時々の気分を言えば、それに合わせたカクテルをお任せで作ってもらえる。でも、水瀬の隣でいまの気分を口に出すわけにはいかなかった。私、四月から秘書課に異動が決まったんです。営業職は性に合っていたし、後輩もできて、そろそろここを基軸にステップアップを考えようと思っていたところだったのに。おじさんたちのご機嫌をとって面倒を見る仕事を、最低でも二年はやらなくちゃいけない。ここが地獄の一丁目って気分です。おすすめありますか?

「水瀬さんは、なにを飲んでるの」

水瀬の手元にあるロンググラスの縁には、花が添えられていた。トロピカルドリンクによく挿してある派手なものではなく、小振りな和風の花。カクテルには珍しいからサービスだろうか。ここのマスターはたしかに親切だけど、常連だけひいきしたり客によって態度を変えたり、そういうことはしないと思っていた。やっぱり美人は特別扱いしたくなるのかな、と少し裏切られた心地がする。

「ボッチボール、だって」

「……へ？　なんて？」

「アマレットという杏のリキュールと、オレンジジュースのカクテルです。甘口ですが、炭酸で割るので後味はすっきりしています」

マスターに説明され、深く考えず「じゃあ同じものを」と頼んだ。彼がカクテルを用意するために去っていくと、沈黙が流れる。

すれ違えば挨拶くらいはするけど、私たちはべつに親しいわけじゃない。カウンターしかない狭い店内で、無視するのも不自然だから声をかけただけだ。私たちの勤める家電メーカーはそれなりの規模だから部署が違えば顔を合わせる機会も少ないし、そもそも入社当時から男性陣に囲まれていた水瀬と、女性陣に「結婚するなら綾みたいな男がいい」と言われつづけた私では住む世界が違う。

「北川さん、このバーによく来るの？」

「まあ、たまに」

「ひとりで？」

悪いかよ、とむっとして「そうだけど」とそっけなく答えた。

「大人っぽくてかっこいいね」

「……大人だからね」

「私はこういうところ、ひとりで来るの初めてなんだ」

だろうね、と内心つぶやく。表に看板はなく、営業の目印は地下へと続くドアの脇に点る灯り（とも）だけ。お客さんは五人も入れば満席で、愛想はいいけどどことなく謎めいたマスターがひとりで切り盛りしている。知る人ぞ知る隠れ家のようなこの店に、水瀬のような子が好んで来る理由がない。

「北川さんはいいの？　送別会。次、秘書課に来るんだよね」

「どうして水瀬さんが知ってるの？」

思わず尖（とが）った声が出た私に、水瀬はきょとんとした顔で首を傾げてみせた。

「だって、うちの課のことだから」

「……ああ」

そうだった。自分の考えすぎが嫌になる。

内示を受けて以来ずっとこの調子だ。たとえ相手に悪意がなくても、同僚や上司から「これからはもっと控えめな態度を心がけなよ」だの「うちでやってたみたいに偉い人を言い負かさないようにね」だの、冗談めかして忠告されるたびに殺そうかと思った。こうなったら昇進試験の勉強に本腰を入れよう。さっさと合格して脱出しないと、どんどん性格が悪くなってしまう。

「先輩として、秘書の心得とかあるかな」

明るい声を作って訊くと、水瀬は「北川さんは優秀だから大丈夫」と微笑んだ。甘い台詞を真に受けるほど素直じゃない。逆に、彼女はいまの職場でずっとこうやって生きてきたんだ、と考えるだけで両肩が重くなった。花のような愛想笑いと実のないお世辞。どう考えても、私向けの仕事じゃないのに。

お待たせしました、と目の前にコースターとグラスが置かれた。グラスの縁には水瀬のものと同じ花が添えてある。気にしないようにしてはいたけど、やっぱり少しほっとしてしまい、そんな自分の器の小ささにうんざりした。

「桜ですか？　ずいぶん早咲きですね」

「杏の花です。実家の庭に木がありまして」

「杏ってこんな花なんだ。かわいいですね」

「ええ。ただ、実のほうはいっこうにならなくて、近々切る予定なんですが」

「そっかー、ちょっともったいない気もしちゃいます。花はちゃんと咲くのに」

「私もそう思います。ただ、いま実家を売りに出しているところでして。植えたのが昔でかなり大きいから、残しておくと管理が面倒で売れにくくなるそうです。世知辛いですよね」

ごゆっくり、とマスターが離れていき、シンクでグラスを洗い始めてほどなく、水音に紛れてしまいそうな細い声が隣から聞こえた。

「私みたい」

「……え？」

「花ばっかりで、実がならない。長くいるだけ邪魔になって、扱いが面倒になる」

「なに言ってんの、水瀬さん」

笑い飛ばそうとしたけれど、水瀬は果物のような唇に似合わない苦い微笑みを浮かべ、長い髪を耳にかけながらこちらを見た。

「じゃあ、北川さんは私になりたい？」

「……えっと」

「ごめん、意地悪な言い方しちゃった。ずっと第一線にいて、自力で出世コースを切り開いた北川さんを、私なんかと比べること自体が失礼なのに」

「出世コース？」

「まだオフレコだけど。同じ秘書課でも、北川さんの担当はお茶くみや電話番じゃないよ。どちらかと言うと渉外に近いかな。偉い人とどんどん顔を合わせて、社内全体を把握するようなポジション。上役の意向なの。旧態依然の体制を改革するには、有能な若い女性の力を積極的に前線に取り入れることが必要だって」

あぜんとする私に、水瀬は「もしかして」とからかうように言った。

「私がいるような部署だから、左遷だと思ってた？」

ずばりと図星を突かれ、また絶句する。

自分で自分を張り倒せるならそうしたい。私はなんにもわかっていなかったのだ。そしてそれを、無意識に見下していた相手に指摘されている。しかも水瀬は私に見下されていたことを察しながら、怒るそぶりすらない。

マスターがグラスを拭く音がやけに大きく聞こえる中、水瀬の顔を直視できず、グラスに飾られた杏の花をただ見つめた。きっと私は、水瀬のことだってなんにもわかっていない。

「私、新人のときから北川さんに憧れてたの」

まっすぐな言葉に、さっきまでのひねくれた気持ちが嘘のように胸が高鳴った。

「今日もね、こういうとき、北川さんならどうするだろう、きっとめそめそしてないでバーとかでかっこよく飲むんだろうなって、ちょっと思ってた。だからいま、嬉しい」

ますますうつむきつつ、ちらりと盗み見た水瀬の頬はうっすらと紅潮していた。お酒のせいだろうか。でも、彼女のグラスの中身はまだ半分以上残っている。

「北川さんはすごいよ。これからますます実績を残して、どんどんみんなから必要とされていくんだろうね。私とは正反対」

「なんでそんなこと言うの。水瀬さん、なんか嫌なことでもあった？」

水瀬は手をぎゅうっと組み合わせた。その爪には、杏の花に似た淡い色のネイルが施(ほどこ)されている。いままで男受けする手段くらいにしか思わなかったそれが、急に違った意味を持って見えた。だれにも嫌われないために、自分を守る色。

「私ね、次、営業に異動が決まったの。しかも北川さんのチームの後任として」

「……へー、そうなんだ」

内示の情報は公には直前まで伏せられるけど、自分の部署のこととなればうすうす耳に入る。現に水瀬だって私の配属先を把握していた。いまさら知らないふりをしたのは、自分の後任があの「姫君」だとわかったときに私の胸に渦巻いた感情を彼女に悟ってほしくなかったからだ。

「秘書課の子たちが賭けてるみたい」

「なにを？」

「私が、新しい職場でどれくらいもつか」

「性格悪いね、そいつら」

「でも、そのとおりだから。北川さんの後任なんて、私に務まるわけがない」

「水瀬さん、ちょっと卑屈(ひくつ)すぎない？　私が水瀬さんくらい美人ならもっと態度が大きくなるし、それでも許されると思うけど」

そういう人なんだろうなと思ってたし、とはもちろん言わなかったが、水瀬にはわかったようだ。

「許されても、最初だけだよ。見るぶんにはいいけど、他になにもないってみんなすぐに気づく。それで、遠巻きに眺めるだけになるの。実もつけないくせにいつまで咲いてるんだろう、潔くさっさと枯れればいいのにって」

とっさに出かけた言葉は、すぐに喉の奥へと引っ込んだ。高嶺(たかね)の花と言いながらずっと彼女を遠ざけて、知ろうともせずにわかった気になっていた私だって、彼女にそう思わせてきた連中と同罪だ。軽々しい慰(なぐさ)めなんか口にできない。いまはまだ、その資格はない。

「……ねえ。連絡先、交換しない？」

水瀬が意外そうに顔を上げた。下手なナンパみたいな台詞を口にしたことが面映(おもは)ゆく、しどろもどろになって目も泳いでしまう。

「えーと。引き継ぎがてら、いろいろ教えたいから。もし水瀬さんがこれから才能を開花させて、悪口言った連中を見返してやれたら、前任者の私も気分がいいし」

「……できるかな」

「できるよ。私をだれだと思ってるわけ？」

水瀬は目を見開いて、それから、ふわっと花がほころぶように笑った。

「同期でいちばん優秀な、北川さん」

締まりのない顔をごまかすように、カクテルを飲む。杏のリキュールとオレンジジュースが混ざっているはずのボッチボールは、なぜかスイカみたいな味がした。だいたいこんなものだろうとたかをくくっていたら、予想外の新しい味が生まれる。そういう組み合わせに、私と彼女でなってみてもいいような気がした。

四月以降の仕事に初めて希望を持ちながら、私は自分のグラスを水瀬のグラスに近づけ、小さな花同士を寄り添わせるようにそっと乾杯を交わした。

四月　レンゲ「あなたと一緒なら苦痛が和らぐ」

　がらがらっと勢いよく引き戸が開く音に続いて、はい、お靴脱ごうねー、という声が聞こえてきた。私の点前（てまえ）を見ていた橘先生がちらと視線を上げ、他の生徒さんたちも笑いながら顔を見合わせる。それを後目（しりめ）に、私は薄茶を点（た）てることに集中しているふりをした。

「ご無沙汰してまーす」

　明るい挨拶とともに茶室の襖（ふすま）が開くと、みんながわっと華やいだ歓声を上げた。

「久しぶりー、奈留（なる）さん！」

「はじめまして、真奏奈（まかな）ちゃん。いまおいくつ？」

「みっつです。今月から幼稚園生なんで」

「あら、母子でペアルック！　かわいいわねえ」

　横目で見ると、入口で正座する奈留さんはグレーのトレーナーにロングスカートというラフな姿だった。彼女は年齢こそ二十歳そこそこだが、まだ制服を着た中学生だったころからこの教室に通っている。高校を卒業した後も、茶席らしい清楚な服装で稽古に来るよう気をつけていたはずだ。子育てを始めると身だしなみに頓着していられなくなるのだろうか。

「すみません、先生。こんな格好で」

「とんでもない、気分転換にお誘いしたのは私だもの。いつでも歓迎しますよ」

橘先生がにこやかに答え、私は小姑じみた自分の発想にひっそりと恥じ入った。

「ほら、真奏奈。ここ座って、ご挨拶して」

そう促されてようやく、奈留さんの背後にいた娘の真奏奈ちゃんが顔を出した。母親を真似て正座しながらも、膝の上で小さな両手を赤くなるほど強く握っている。彼女が着ているロゴ入りのトレーナーは、たしかに奈留さんのものと同じデザインだった。

「事前にご連絡すべきだったんですけど、真奏奈が急に、自分もついて行くって言い出して。いつかお茶を習わせたいと思ってはいたので、気が変わる前に連れてきちゃいました。迷惑じゃなかったですか？」

「大丈夫、うちの生徒さんはいい方ばかりだから。もっとも私はお稽古となると厳しいので、もしかしたら怖がらせちゃうかもしれないわね」

「いや、むしろビシビシお願いします！　真奏奈もここでいろいろ教えてもらって、先生みたいにおしとやかになりな～？」

奈留さんが真奏奈ちゃんの頬をつつくと、茶室が笑い声に包まれた。先生の言うとおり、うちの生徒さんはいい方ばかりだ。子育てに、子供の存在に、理解のある、いい方ばかり。

「結城(ゆうき)さん、そろそろいいんじゃないの」

指摘されて茶筅(ちゃせん)を止めると、薄茶の表面をすっかり泡が覆っていた。私たちの学ぶ流派では、お茶には池と呼ばれる泡のない部分が残るくらいがいいとされている。ふだんならこんなミスはしないのに、手に力が入りすぎた。

「奈留さん、久しぶりに召し上がる？」

先生がそう言うと、奈留さんは「わー、嬉しい！」と無邪気に目を輝かせた。

「そうだ、真奏奈にも飲ませていいですか？」

ぎょっとして顔を上げると、席入りした奈留さんの横で真奏奈ちゃんはかたくなにうつむいている。私は思わず「まだ三歳なのに、少し早いんじゃない？」と口を挟んだ。

「味見くらいはきっと大丈夫ですよ。結城さんのお抹茶、おいしいから」

「でも……」

「そうね。舐(な)めさせてあげる程度なら、かまわないんじゃないかしら。最近は幼稚園で茶道体験をさせることもあると、勉強会でうかがったこともあります」

むきになりかけた私を、穏やかに制したのは橘先生だった。

先生にはもう長らく師事しているが、いつでもきちんと整えた銀髪と背筋の伸びた和装の佇まいが美しい、かくしゃくとして気持ちのいい人だ。いかにも様々な経験をしてきたという風情で、この人に話すとたいていのことは些事に思える。だから彼女にはすべて打ち明けてきた。四十手前で結婚してから、私がずっと不妊治療をしていること。採取できる卵子が人より少なく、肉体的にも精神的にも滅入ってきていること。先月、二度目の流産を経験したこと。

教室を休む理由は、先生にだけ伝えた。文字にすると後々まで残ってしまうので電話にした。先生は変に慰めたり明るく取り繕ったりせず、真摯にこちらの話に相槌を打って、それから「来月のお稽古、ご無理がなければ気分転換にいらしてね」と誘ってくれた。

「私はいつでも歓迎します。もちろん、結城さんの心と体の健康が第一だけれど」

そう言ってもらえたのが私だけだなんて、思い込むほうが傲慢だったのだ。

「ほら真奏奈。おてて開いてお茶碗持って。もう、しょうがないなあ……」

手を握ったままの真奏奈ちゃんの口元に、奈留さんが茶碗を持っていく。少なくとも、彼女の若い体と心は間違いなく健康そのものだ。では、私は？

「おいしくない」

　口のまわりに緑の泡をつけた真奏奈ちゃんが、顔をしかめてそう吐き捨てた。言葉を失う私を後目に、奈留さんが急いで「まだ苦いのは早かったかー」とことさら明るくとりなしてみせる。

「ちがう。まかな、にがいのはすき」

　舌足らずな話し方のせいで、ちがうが「ちなう」、にがいが「にない」に聞こえた。

「おちゃじゃない。くさのあじする」

　たとえ抹茶に慣れていなくても、特有の苦味を「お茶じゃない」と断定するからにはおそらく根拠がある。そして経験上、どういうときにお茶から「草の味」がするかも私には心当たりがあった。きっと、茶筅に使われる竹の風味だ。茶碗の底を強くこすったせいで、お茶に繊維が混ざったらしい。動揺を衆目に晒（さら）してしまったようで首筋が熱くなる。

　それでスイッチが切れたのか、まま、むぎちゃー、と真奏奈ちゃんが足を投げ出して奈留さんの服を引っ張った。その足が茶碗を蹴ってしまい、お茶が畳にこぼれる。あらあら、と先生が茶碗を取って懐紙で汚れを押さえ、奈留さんは真奏奈ちゃんの腕を摑んで「真奏奈っ！」と厳しく言った。真奏奈ちゃんが獣（けもの）の声にも、産声（うぶごえ）

にも似た絶叫を上げる。

「あーっ！」

「すみません。やっぱり連れて帰ります」

「いいのよ。真奏奈ちゃん、緊張したよね」

「真奏奈、だから来る前に訊いたじゃん。大人のひとがいっぱいいるけどいい子にできる？　って。できるって言うから連れてきたのに。なんでいつもこうなるの？もう幼稚園生なんだから少しは外にも慣れてよ。なんでもっと普通にできないの、なんで」

「結城さん、どうしたの？」

　唐突にだれかが言い、真奏奈ちゃんの悲鳴以外の音が茶室から消える。自分の顔に視線が集まった気がしたけど、私の目にはみんなの様子が見えなかった。いつのまにか、涙を流していたから。

　治療で痛みを感じても、親戚に皮肉を言われても、流産を知らされても、夫に「もうやめよう。俺と八重子(やえこ)は子供を授かる運命じゃなかったんだ」といつもなら鼻白(はなじろ)む運命論を持ち出されても、泣かなかったのに。

「本当に、取り乱してしまい申し訳ございません」

「いいえ。謝るのはこちらのほうです」

先生は私の異変を見て取るやいなや、ベテランの生徒さんに稽古の続きを任せて私を水屋に連れ出した。いつもどおりの冷静さだったが、その口調はいつになく神妙で、現に畳につけた額をなかなか上げてくれなかった。一緒に中座した奈留さんと真奏奈ちゃんは、いま、お手洗いに行っている。

「真奏奈ちゃん、家族以外の人が苦手で、幼稚園にも行きたがらないらしくて。奈留さんに偶然会ったとき、ずいぶん思い詰めている様子だったから、気晴らしにお誘いしたの。真奏奈ちゃんはお母様に見てもらうとおっしゃってはいたけど、こういうことも当然ありえると配慮すべきでした」

「……そうですか」

我ながらあきれるが、それを聞いて感じたのは真奏奈ちゃんや奈留さんへの同情ではなく、この期に及んで彼女たちの話か、といういじましい嫉妬だった。

「ここは当然、お茶を教える場所ですけれど。同時に、止まり木でありたいの」

「止まり木?」

「職場とか、家とか、幼稚園とかね。人は決まった場所に、決まった時間、いなくてはならないものだから。そうでない場所もあっていいでしょう。気が向いたときふらっと来て、互いの重荷をお茶に溶かして分け合える場所。私は未熟者だから、簡単にはいかないけれど」

そのとき、廊下へ続く引き戸が開いた。なにげなく振り向いて、私は驚く。そこには、真奏奈ちゃんがひとりで立っていた。

「真奏奈ちゃん。奈留さ……お母さんは？」

先生の質問に、真奏奈ちゃんは答えない。視線はあきらかに先生ではなく、私のほうを向いている。急に泣き出したおばさんのことが、不気味を通り越して怖いのだろう。泣きたいのは自分だ、と思ったかもしれない。

「入れ違いになっちゃったかしら」

先生はにわかに立ち上がり、引き留めるまもなく水屋を出て行った。襖が閉まると同時に絶望的な気分になる。茶室に戻ろうにも、涙の痕が残るこの顔ではとても無理だ。

しばし硬直した後、私は正座したままおそるおそる真奏奈ちゃんと目を合わせた。真奏奈ちゃんは水屋に入ってこない。ただ、逃げるわけでもない。拳を固く握ったまま、私をじっと見返している。

「さっきは、ごめんなさい。驚かせたよね」

新品の鏡のようにまっさらな瞳を前に、言葉は自然とこぼれ落ちてきた。

「おばさん……私ね。真奏奈ちゃんのお母さんのことが、うらやましかったの」

奈留さんが近くにいたら、という不安が一瞬よぎりはしたが、いったん口にしてしまったら止められなかった。

「二十代前半なんて、まだ自分が子供みたいなものなのに。子供が子供を産んで、みんなからも祝福されて……真奏奈ちゃんの名前、ハワイ語で贈り物って意味なんですってね。なに、ハワイって。私ならもっといい名前をつけられるのに、って。そう思った」

ふいに、声がみっともなく裏返った。

「なんで私のところに赤ちゃんは来ないの、って……当然だよね。真奏奈ちゃんに八つ当たりして、大事な名前を馬鹿にするような大人なんだから。赤ちゃんのほうが、私のところに来たくなかったんだよね」

うつむいて、両手を膝の上でぎゅっと握る。真奏奈ー、という奈留さんの声が廊下から聞こえた。呼ばれた真奏奈ちゃんが去っていくのを待って、私は下を向いたまま目を閉じていた。

ぽん、と膝のあいだに軽い感触があった。

それはすぐ離れていき、涙を拭って見るとそこにひしゃげた植物が置いてあった。いまの季節、どこにでもある赤紫の小さな花。幼いころは髪に挿したり、押し花にしたりして遊んだものだ。

た。

「レンゲ？」

私はそれをそっとつまみ上げ、目の前で黙って立っている真奏奈ちゃんに訊いた。

「くれるの？」

真奏奈ちゃんは、小さくうなずいた。手はもう拳を作っていない。今日はずっと、この花を握っていたらしい。

母親さえ気づかない自分だけのお守りを持って、彼女はどんな気持ちで、苦手だという「家族以外の人」ばかりの集まりについて来たのだろう。

「真奏奈！　離れないでって言ったでしょ」

真奏奈ちゃんの後ろから現れた奈留さんが、きつい声で言って真奏奈ちゃんの肩を摑む。動かない娘を彼女は怪訝そうに見下ろし、それからはっとした様子で私に頭を下げた。

「結城さん。すみません、さっきは失礼を」

「奈留さん」

「私たちもう帰りますから」

「真奏奈ちゃんは、いい子ね」

「いやそんな、だってあんなに迷惑を……」

「いい子ね」

私のかたくなさに、奈留さんが黙った。

それから、まだ子供のようにあどけない、小さく震える声で「……はい」と答えた。まるで、自分自身に言い聞かせるように。

「そうなんです」

私は真奏奈ちゃんと見つめ合いながら、いつか、この子が点てたお茶を飲んでみたいと思った。それまでは、ここで止まり木として彼女を待ちつづけたい。たとえ叶うことがなかったとしても、どこかに羽を休める場所があるという事実が、少しでもこの先の彼女のよりどころになればいい。

五月　カーネーション（黄色）「軽蔑」

兄とは一年に一度、母の日にだけ顔を合わせる。兄の予約した店で一緒に昼食をとり、お互いの近況を報告し、兄のほうはその足で、五年前に死んだ母の墓参りに行く。

私といえば、友達と飲みに行くこともあるし、ひとりで買い物に出ることもある。適当に暇を潰し、ほどよい時間になったら恋人と住む家に帰る。ひとつ言えるのは、墓参りに同行したことは一度もないということだ。

「ごめんなぁ。買い物が長引いた」

その日、兄は十五分ほど遅れて現れた。言葉どおり紙袋を持っている。バーテンダーという職業柄、飲食業界の情報に敏感な兄が「常連さんに教えてもらった」らしい中華アフタヌーンティーの店は、日曜ということもあり混んでいた。左右の席にはもう人がいて、荷物入れのカゴはふさがっている。

「それ、こっちに置こうか」

荷物を背もたれにかけようとした兄に、向かい側のソファ席から言う。ありがとう、と手渡された紙袋には、いくつもの小分けになった真空パックが入っていた。白やピンク、薄紫など色とりどりで、砂糖菓子の詰め合わせのような見た目をしている。覗くつもりはなかったが、四十になった兄の趣味とは思えないかわいらしさが気になった。

「なに、これ」

「エディブルフラワー。カクテルに使おうと思って仕入れてきた」

「エディブル……？」

「食べられる花のこと」

「お刺身に載せるタンポポみたいな？」

奥二重の目がくしゃっと細められた。私と同じく、兄も笑うとまぶたに隠れて瞳がほとんど見えなくなる。あんたたちの目って細くて切り傷みたい、遺伝って怖いね、と母は繰り返し口にしていた。左右で大きさが微妙に違うのも、私が物心ついたときにはもういなかった父親譲りらしい。お兄ちゃんは男だからまだしも、あんたは女の子なのにそんな顔でかわいそうね、と言われつづけたせいで、私はいまの恋人に出会うまで、人前で眼鏡を外すことすらままならなかった。

「あれはタンポポじゃなくて食用菊な。うちの店で出すのはもっと、マリーゴールドとかカーネーションとか、女の人が好きそうなやつ」

「女は花が好き、っていうのはステレオタイプな発想だと思う」

「ごめんごめん。そういうの喜んでくれるのは女性のお客さんが多いから、つい」

我ながら面倒な反論を、兄は穏やかに受け止めてまた目を細めた。大人になってもなお子供のように頑固で融通（ゆうずう）がきかない私を、こうしてうまく扱ってくれる男の人は兄だけだ。私が唯一、心を開ける異性だからこそ、彼には母のような時代錯誤な偏見を口にしてほしくない。べつにいいけど、としぶしぶ納得したふりをしつつ、私はエディブルフラワーの袋を自分の隣に置いた。

「カーネーションって食べられるんだね、知らなかった」

「無農薬ならね。通販で買ってもいいけど、色とか質感とか、直接見たいから」

兄は昔から、一見適当なようでこだわりが強い。服装もそうだ。いつでも自分のバーに出勤できるようにしているのか、昼間でもかならず白いシャツに黒いスラックスを身につけている。もうずっとそれ以外の格好を見ていない。母の葬式で久しぶりに再会したときも、喪主を務めた兄は白黒の喪服姿だった。

中国茶のメニューを持ってきた女性店員に、どうも、と兄が微笑みかけた。相手の顔がぱっと明るくなったのを私は見逃さず、相変わらずチャラい、と内心で毒づく。佳澄（かすみ）はどれにする、と訊かれて適当に選ぶと、兄はなぜか目を見開いてから、俺も同じの、と注文した。飲食、とくに飲み物に妥協しない彼にしては珍しい。

「花、今年も買ってきてくれてありがとな」

紙袋の反対側に置かれた私の荷物を見て、兄は静かに言った。

鞄の脇に立てかけた黄色いカーネーションは、午前中に用意しておいたものだ。

母の日のプレゼントでしたら赤やピンクのほうが、とやんわり勧める花屋の店員を、毎回なにも知らないふりで押し切って、私はこの日にいつもこの花を買う。

「好きでやってるわけじゃない。すずが花くらい持っていけってうるさいから」

「うん。帰ったら、よろしく伝えておいて」

「すずはお人よしすぎる。あの人が私たちにどんなこと言ったか、私は忘れてない。死ぬまで許せない、と思ったけど、嘘。死んでも許せない。私はすずみたいに優しくない」

「佳澄も優しいよ」

予想外の台詞に絶句していると、兄はそれこそ優しく微笑んで長い指を組んだ。

「昔から、母さんになにを言われても言い返さなかったじゃない。正直、心配してたよ。俺みたいに外で適当に発散するタイプじゃないし、いつか壊れちゃうんじゃないかって」

「言い返すのが面倒だっただけ。まともに話して通じる相手じゃないし」

「でも、いまはそうやって怒ってる。自分だけじゃなく、彼女さんのことだからでしょ。優しさじゃなくてなんなの」

「……お兄ちゃんまでそんなこと言う」

私のまわりってお人よしばっかり、と毒づくと、えぇ？　と兄の微笑が苦笑に変わった。

「本当に優しかったら、家族と絶縁して何年も音信不通になったりしないでしょ」

「便りがないのは元気な証拠だって思ってたよ」

「チャラいお兄ちゃんが遊ぶ暇もないほど、ひとりであの人の面倒を見させたりしない」

「チャラいって言うな、これでも落ち着いたわ」

「あの人が死んでも一度も帰らずに、実家の後始末まで押しつけたりしない」

「おまえと違って俺は友達が多いの、なんとかしてくれる人脈はあるから大丈夫」

「送り出してくれた恋人にはお墓参りしたって嘘ついて、飲みに行ったりしない」

「ついたほうがいい嘘もあるって」

「き……」

黄色いカーネーションなんか準備しない。

そう言う前に、お待たせしました、と場違いに明るい声が割り込んできた。

テーブルに透明なティーポットとカップがふたつずつ置かれる。そのポットに私は目を奪われた。薄い褐色のお茶の中に、大きな花が一輪浮かんでいる。おっ来た、と兄は驚いた様子もなく言い、思い出したように付け加えた。

「これもエディブルフラワーの一種になるのかな。直接食べるわけじゃないけど」

「……きれいだね。なんの花だろう」

「キンセンカだよ」

「そうなんだ、詳しいね」

「花言葉は『別れの悲しみ』」

私は黙って顔を上げた。

兄は素知らぬ顔でお茶を注いで口に運びながら、あちっ、なんて息を吹きかけている。絶対に目を逸らさない、というつもりで凝視していると、やがてあきらめたようにこっちを見て、はぁ、と小さく溜息をついた。

「お兄ちゃん、花言葉なんかわかるの」

「俺の仕事、なんだと思ってんの。酒の席で披露できる豆知識はつねにストックしてる」

「……じゃあ、気がついてた？」

「最初は偶然かと思った。でも、それにしては何度も続くから、さすがにね」

では、兄はずっと知っていたのだ。赤でもピンクでも白でもない、黄色いカーネーションに込められた意味を。兄や恋人のようには優しくなれない私が、毎年、死者に鞭（むち）を打つように母に叩きつけているメッセージを。

――カーネーションは色で花言葉が変わるんです。黄色いものは「軽蔑」を意味するとされ、贈り物には向かないんですよ。単体ではなくカーネーション全般だと「愛情」という意味になるので、他の色と混ぜてご用意しましょうか？

初めて母の日用の花を買いに行ったときにそう教えられてから、私は黄色以外のカーネーションを買ったことがない。

「もうさ、いいんじゃないの」

兄はぽつりと言い、私は首を横に振った。

「さっきも言ったでしょ。許せないんだよ」

「許せって言ってるんじゃないよ。その逆。母さんのために、これ以上、おまえが苦しむ必要はないってこと。あの人は死んだし、佳澄は恋人と幸せに暮らしてる。自分がなにを大事にすべきか、わかるだろ」

だってさあ、と私にそっくりな奥二重の目を伏せて、兄は悲しげに笑った。

「それですっきりするなら、気が済むまでやればいいけど。おまえ、俺に花を預けるとき、全然ざまあみろって顔してないよ。ずっと」

お茶を注ぐためにティーポットを持ち上げた私の手は、知らないうちに小刻みに震えていた。ぎゅっと力を込めてもなおかたかたと音を鳴らすそれに、兄は見て見ぬふりをしてくれた。

ケーキスタンドと蒸し器で運ばれてきた中華料理を食べながら、私たちは他愛ない、ただ、過去ではなく未来の話をした。兄は四十歳の記念に買おうと思っている腕時計のこと、私はすずと一緒に保護猫を引き取るか迷っていること。あたたかい料理の数々はどれもおいしくて、清涼感のある中国茶を合間に挟むとどんどん胃に入っていった。生きている、という気がした。

私はこうして、いままでも、これからも、母のいない時間を生きる。私の人生を彼女に一度も認めてもらえなくても、ざまあみろと意趣返しをできなくても。

わかりあう機会が永遠に失われても。

会計は兄が済ませた。私も大人だし折半にしたいのだが、毎回、たまには兄ぶらせて、と譲ってくれない。最寄り駅に向かって歩いていると、兄はふいに「悪い、ちょっと寄るとこあるから」と立ち止まった。

「また飯でも食おう。いや、近いうちに俺のバーに来てよ。彼女さんと一緒に」

「え……でも」

「佳澄さあ。どうせ、俺に母さんを押しつけて幸せを奪った自分には、これ以上俺と関わる権利がない、とか思ってんだろ」

　核心を突かれて思わず黙ると、兄は「やっぱりな」と眉間にしわを寄せた。

「あんまり舐めるな。俺はおまえと違って単純だから、家族だろうがなんだろうが会いたいやつとしか会わない。母さんの墓参りだって正直どうでもいいの。おまえ、そうとでも言わないと顔見せにも来ないだろ」

「でも……」

「頼んでもないのに同情するな。俺がなにを大事にするかは俺が判断する。俺にとってのおまえの価値を、おまえが決めんな」

「……わかった」

　すずと相談して、連絡する。そう伝えると、兄は「おう」と満足げに笑った。

「佳澄の彼女さん、初対面だな。緊張する」

「見境ないのは知ってるけど、妹の恋人を口説いたらさすがに引くから」

「俺のことなんだと思ってんの?」

「チャラ男」

　ぽふっ、というまるで痛くない平手を、私は頭を自分から差し出しておとなしく受けた。

　じゃあ、と去っていった兄の行く先には、通りに面した感じのいい花屋があった。そこに入っていく背中を見送ってから、私も歩き出す。私が兄に託した黄色いカーネーションはビニールの包装を剝がされ、あの店で兄が用意する花束に一緒に収まるのだろう。明るいものも暗いものも、様々なメッセージを織り交ぜた結果、すべてを包み込むたった一意だけが残された、色とりどりのカーネーションの中に。

六月　アマリリス「おしゃべり」

披露宴が終わって式場を出ると、朝から心配していたとおり、雨はますます強くなっていた。

私たちは片手に傘、片手に大きな引き出物の袋を持って小走りに移動し、どうにか駅前のファミリーレストランに滑り込んだ。やれやれ、と服や髪を拭ううちに、強制的なまでの高揚感も落ち着いてきて、飲み物の注文を終えてからしばらくは、それまで続いた興奮の反動のようにテーブル席に沈黙が下りた。

「まさか五十にもなって、こうして友達の結婚式で集まれるとは思わなかったわ」

やおらそう切り出したのは、私とるりの向かい側に座った真弓(まゆみ)だ。

「だってほら、私たちくらいの年齢になると、もうお葬式のほうが多くなってくるじゃない」

あけすけな物言いに絶句する私を後目に「いくつになってもお祝い事はいいわね」と、少しずれた答えを返したのはるりだった。

「……若いころと違って、なにを着たらいいのかわからなくて迷ったわ」

「ああ、千佳はそうかもね。私は部下の結婚式でスピーチをする機会があるから」

「うちは、お着物だけはたくさんあって」

勤務先で管理職を務めているという真弓は仕立てのいいドレススーツ、長年茶道を習っているらしいるりは上品な訪問着をおのおの身につけていた。いかにも分相応の大人らしい装いだ。そう思ってから、大人もなにも、と自嘲する。

私自身の格好は、無難な黒のワンピースにパールのネックレス。友人の結婚式にしょっちゅう招かれていた若いころから、なにも成長していない。それどころか、このメンバーで机を寄せ合ってお弁当を食べていた高校時代に、自分だけ取り残されたような心地さえする。

私はスマートフォンで、さっき真弓が送ってくれた写真を開く。披露宴の最中、佐和子を囲んで撮ってもらったものだ。右端に黒のワンピース姿で写っているのは、ほうれい線と下まぶたのたるみが目立つ、しっかり歳を重ねた中年女だった。もちろん加齢を感じるのは真弓もるりも一緒だ。ただ、私たちの中心で赤いドレスを着てブーケを持った佐和子だけが、あのころと同じくぴかぴかに輝いていた。

「もう世間体なんか気にする必要ないから、やりたいようにやると決めていたの」

そう笑ってみせた佐和子の言葉どおりの、華やかな式だった。ジューンブライド、二度のお色直し、塔のようにそびえるウェディングケーキ。真っ赤なアマリリスのブーケ。

「次に人生の主役になれるときを待っていたら、お葬式になっちゃう。そんなのはまっぴらだもの」

そうとも言っていた。佐和子の一回目の結婚式が、どんなものだったかは知らない。私たちは招待されなかった。相手は大学の先輩だったそうだが、その後、彼女は就職先の上司と不倫関係になり、それが夫に発覚して泥沼の末に離婚した。もちろん会社にもいられなくなり、理由が理由なので当時の友人たちの大半と縁が切れたらしい。ちょうどそのころから、私たちは佐和子の誘いでふたたび集まるようになっていった。

――ご新婦様が、大切なご友人の皆様に幸せのお裾分けをしたいとご希望です。

写真の中の佐和子が手にしていた赤いブーケは、式が終わったあとすぐ小分けにされ、そんな言葉とともにスタッフによって私たち三人に渡された。真弓もるりも歓声を上げ、いかにも大切そうにそれを抱きしめていた。

ぼんやりしているうちに、話題はお互いの近況報告へと移った。真弓は非常識な若い部下と頭の固い上役との板挟みで苦労が絶えないと双方に文句をつけ、自分がいないと職場が回らないと言ってはばからない。るりは高齢の義母の面倒を家族に丸投げされて疲れているようだが、それはおかしい、せめて夫に当事者意識を持たせるべきだと指摘されても無批判に首を傾げている。私は彼女たちのやりとりを聞きながら、昔からずっと、この三人でいると似たような話ばかりしている気がするな、と思った。

高校時代から、真弓は仕切り屋な性格のせいで疎まれやすく、スローペースなりは侮られがちだった。私自身はこれといった特技も長所もなく、いまと変わらずつまらない性格だった。それぞれにクラスから浮いていた三人を、すくい上げるように自分のもとに集め、ひとつのグループにしたのは佐和子だ。

「私の、一生物の親友たちよ」

ずいぶん年下の新郎に向かって、彼女は私たちをそう紹介した。赤ん坊のようになめらかな肌をした彼は「素敵ですね」と礼儀正しく目を細めたが、その視線を向けられたとき、私は動物園の檻にでも入ったようないたたまれなさを覚えていた。

「佐和子と旦那さん、お似合いだったね」

おもしろくもない自分の話などあまりしたくないので、千佳は最近どうなの、と訊かれる前に話題を変える。案の定、二人は口々に「そうね」と同意した。

「佐和子が若々しくて旦那さんが落ち着いているから、年の差を感じなかった」

「二十も年下って聞いて、騙されたんじゃないかと心配したけど、大丈夫そうね」

昔から彼女たちは、佐和子の行動を否定したことがない。今日だって朝からずっと、称賛の言葉ばかり口にしていた。素敵な式場、おいしい料理、きれいなドレス、素晴らしい日。佐和子は本当に、最高の友達。

「みんなと仲良くなれて、よかったわ」

いつもは辛口な真弓がしみじみとつぶやき、少し紅潮した目尻を拭うような仕草をした。るりがすぐさま「そうね」とうなずく。

「この歳になるまでいろいろあったけれど、過ぎてしまえばいい思い出ね」

「大人になってもこのメンバーで集まることができて、とても嬉しい。これも佐和子のおかげだわ」

ちらと足下を一瞥(いちべつ)する。さっき引き出物の袋の上に置いたアマリリスの花束は、いまの私と同じくどちらを見たらいいのかわからないとでも言うように、所在なげにばらばらの方を向いて横になっていた。

「また近々、食事でもしましょう。約束よ」

「そうね。ちょくちょく会って、励まし合いましょう。もちろん佐和子も呼んで」

私は返事をせず、微笑みだけを返した。

ファミレスを出ても雨はやむ気配がなく、電車で帰っていく真弓とるりを改札で見送ってから、私は荷物を抱えてタクシー乗り場に向かった。痛い出費だが、これ以上なにも考えたくなかった。

「お客さん、結婚式ですか」

タクシーの運転手は女性だった。おそらく同世代だろう、トンボのような老眼鏡をかけ、マスク越しでもわかるほどシミが目立つ頬に化粧もしていない。きっと、佐和子なら眉をひそめただろう。だが、その飾りけのない佇まいは、きらびやかな空間に疲弊していた私にはむしろ心地よいものだった。

「ええ、そう。結婚式でした」

「いいですねえ、お子さんですか」

「いいえ、女友達です。高校の同級生」

あら、と驚いたような返事があり、それはごくまっとうな反応に思えたので、私はおどけた口調で「まさかでしょう?」と言った。

「しかも、お相手が二十も年下なの」

「それだけ、お友達が魅力的な方なんですね」

愛は年の差を超える、と、披露宴の最中に司会者が言った。お決まりの台詞に、るりも真弓も熱心にうんうんとうなずいていた。高校時代と変わらずに。いつ佐和子がこちらを見るかわからない、とでも言うように。

ファミレスで真弓とるりが佐和子を褒めそやしているあいだ、私は彼女たちの表情ではなく、それぞれが贈られたアマリリスばかり見ていた。真弓がソファに置いたそれは虚勢を張るように天井を向き、るりが膝に抱えたものは服従を示すようにうなだれていた。

「どうかしら」

運転手は少しこちらの様子をうかがい、すぐに明るい口調で話題を変える。

「素敵ですね。高校時代のお友達と、いまでも集まれるほど仲がいいなんて」

「最初の結婚に失敗したから、そのとき出席していた人は呼べなかったみたい」

ずっと美辞麗句にばかり触れてきた反動のように、棘のある言葉が溢れてきた。

「彼女は若いうちに一度結婚したから、相手とはそのとき産んだ息子でもおかしくない年齢差なの。そんな人と再婚するなんて、いくらきれいごとを言っても現実的に弊害はあるのにね。無理やり美談にして、笑っちゃう」

運転手の表情は見えないが、きっと反応に困っているだろう。面倒な客を乗せたと思っているかもしれない。かまわなかった。どうせ、二度と会わない相手だ。

「いい歳をして、ジューンブライドですって。こんな梅雨時に、晴れ着で遠出させられる側がどれだけ大変か想像できないのかしら。引き出物だって無駄にたくさん用意して。いまはカタログギフトや宅配でなんとでもなるし、むしろ選べたほうがいいのに。自分を立派に見せたいだけで、かさばるだろうという気遣いがないの」

ついに相槌がなくなったので、しばらくはワイパーの音だけが車内に響いた。

「昔からそうだった。いかにもあなたたちのため、っていう顔をして、実際は自分の見栄のことしか考えていない。運転手さん、彼女ね」

はい、とやわらかい口調で返事があった。

「いま結婚式をしておかないと、次に主役になれるのはお葬式だ、まっぴらだって言ったんです。彼女と違って今後、結婚式なんてすることもないだろう私たちに向かって」

大切な友人に、幸せのお裾分け？

そんなものは、自分が相手より優位にいると確信していればこそ、出る発想だ。

私、と続けた声は、いつしか少し震えていた。長いあいだ触れることすらなかった重い扉が、音を立ててきしみながら開くように。

「彼女のそういうところが、いいえ、なにもかも、昔から、ちっとも好きじゃなかった。そんな相手にすがらないと、この歳まで生きてこられなかった自分のことも」

お客さん、と、運転手が口を挟んできた。たしなめられるか話を逸らされるか、きっとどちらかだ。なあに、とそっけなく返す。

「ずっと、我慢していらしたんですね」

思いもよらなかった反応に、息が詰まった。

ほどなく丁寧にブレーキが踏まれ、着きました、と振り返られた。その優しい視線に、佐和子ではなく彼女と同級生だったら、という妄想が頭をよぎる。こういう友人を、若いうちに作れていたら。私の人生は少しくらい違ったものに、だれかの引き立て役ではなく私自身のものに、なっていただろうか。

「ごめんなさい。嫌な話ばかりしてしまって」

「いいえ。よくいらっしゃいますよ、だれにも言えずにいた大事な秘密を、ここでだけ、打ち明けてくださるお客さんは」

私たち、皆様の行きずりの相手ですから。バックミラー越しにいたずらっぽく目配せされて、私はやっと少し、今日初めて、心から笑うことができた。

自宅に着き、荷物を置いて息をついたタイミングで、私はアマリリスが見当たらないことに気がついた。タクシーに乗るときはたしかに持っていたから、引き出物の袋から落ちたらしい。置き去りにされた花束を、あの運転手は処分するのか、それとも引き取るのか。

根拠はないが、後者のような気がした。私の与太話を「大事な秘密」と表現した彼女なら、あのアマリリスを邪険にはしない。静かにそばに置いておき、自然に枯れてゆくまでひっそりと見守ってくれるだろう。これまで彼女が「行きずりの」客から託されてきた、数々の打ち明け話と同じように。

七月　紅花「特別な人」

絶対あれはダウンタイムだって、間違いないって、と熱弁しながら、菜摘はお弁当箱のプチトマトにまるいフォークの先をぷすっと刺した。東雲さん、終業式が終わってすぐ帰ったでしょ。きっとあの後やったんだよ。

「えー、単なる怪我かもしれないじゃん」

ナポリタンの挟まったコッペパンを食べながら眉をひそめたのは藍ちゃんだけど、顔を見ずに声だけ聞けば、わくわくしている、という本音はまるで隠せていなかった。もっとこのことについて話したい。それも、話したい、とわくわくしていることがバレないように。

学年一の美人と名高い東雲美羽が、夏休みに入ってすぐ整形したという疑惑について。

「だって高三にもなって、鼻にだけガーゼ貼るような怪我することある？　転んだとしても、手とか足とか一緒に痛めるでしょ」

藍ちゃんが冷たい反応をするほど、菜摘は熱くなる。こうとか、こうとか、と、転んで手をつく身振りまでしながら言い募る。

「ね、真帆はどう思う？」

その勢いで急にこっちに身を乗り出されたので、あたしはおにぎりのかけらを口からこぼしかけた。

あたしたち三人は水泳部の朝練を終え、空き教室でお昼を食べていた。みんなにとっては待ちに待った夏休みでも、あたしたちには高校生活最後の大会までのカウントダウンでしかない。早朝から始まる練習にもお弁当を作ってもらえる菜摘や、コンビニですいすい好きなものを選ぶ藍ちゃんとは違い、シングルマザーの母が早朝から仕事に行くあたしの昼食は、自分で握ってアルミホイルにくるんだおにぎり二個。それも、一日中泳ぐ体力を保つために大きく作ってある。大西ってまじで女捨ててんな、と笑った男子はだれだっけ。べつにだれでもいいけど。

「わかんない」

そうとだけ答えて、あたしはまたおにぎりに鼻先を埋めた。毎日練習しているせいで、日焼けして赤くなって、皮が剥けた鼻。日焼け止めを重ね塗りしても、タイムを縮めようと必死で泳げばそんなのはすぐに落ちる。

菜摘と藍ちゃんは一瞬しらけた顔をして、また美羽の整形について話し始める。

藍ちゃんが「本当だとしたら、整形してまできれいになりたいとか必死すぎて引くかも。理解できなーい」と、憐れむように寄せた眉とは裏腹な弾む声で言い、すかさず菜摘が「藍ちゃんは整形しなくてもかわいいし、運動も勉強もできるんだから必要ないよー」と、またもや藍ちゃんの手で転がされるがままフォローを入れた。

二人とも夏になってからうっすら肌の色が濃くはなっているけど、皮が剝けるほどじゃない。鼻の先もつるんとしている。

あたしは目を背ける。この三人の中で、いちばん自由形のタイムが速いのはあたしだから。そう、自分に言い聞かせる。

あたしと美羽は幼稚園からの幼なじみだ。

家が近所だから母親同士も仲がよくて、昔はいつも一緒に遊んでいた。通っていたスイミングスクールも同じだったから、水が苦手な美羽には、あたしがうちのお風呂で息継ぎのコツを教えた。あたしの母が忙しいときは、美羽のお母さんがあたしを家に呼んでお昼をごちそうしてくれた。美羽と違って真帆ちゃんはおいしそうにいっぱい食べてくれるから作り甲斐(がい)がある、とにこにこしながら褒めてもらえるのが嬉しくて、限界までカレーをおかわりしたのを覚えている。

だけどいま、高校であたしたちの関係を知っている人はほとんどいない。

小学校に上がったころから、美羽は少しずつ、少しずつ形を変えて、気づけばだれもが目を奪われる美しい女の子になっていた。その変化を、いちばん近くで感じていたのはあたしだ。あたしたちが並んでいると、みんなまず、じっと美羽を見る。それからちらっと横にいるあたしに視線を移し、決まって一瞬、ん？　という顔をする。四歳から続けている水泳のせいで男の子みたいに筋肉質な体と、真っ黒に日焼けした顔を見て。

決定的だったのは、中学生のときの国語の授業だ。クラス内でグループを組んで『源氏物語』に登場するお姫様をひとり選び、その人となりについてまとめて発表するという課題が出た。似たりよったりのきれいなお姫様がたくさん出てくる中、ひとりだけ変な人がいた。光源氏（ひかるげんじ）が明るい場所で初めて見た彼女は、がりがりで、座高が高くて、着物のセンスが悪くて、そしてなにより、真っ赤で大きな鼻がすごく目立っていた。びっくりした光源氏がその鼻にちなんで、末摘花（すえつむはな）、とあだ名をつけるほどに。

――これ、大西のことじゃないの？

ふいに男子のひとりがそんなことを言い、あたしの、当時から日焼けとプールの塩素のせいで赤く皮の剝けた鼻に目配せした。

笑われること自体はかまわなかった。それよりも、やめなよ！　とまわりの女子たちが大げさに制止することのほうがつらかった。その声が響きすぎるせいで他愛ない冗談が先生にまで届き、人の容姿をからかうことの罪深さを問いただすための学級会議まで開かれたのは地獄だった。そんなふうに話を大きくすればするほどみじめになるこちらの気も知らず、みんな気持ちよさそうに「外見なんかに左右されない自分」をアピールしまくっていた。

なによりつらかったのは、その間ずっと感じていた、同じグループで一部始終を見ていた美羽の視線だった。やわらかい髪で白い肌と小さな鼻を隠すようにうつむき、伏せた長いまつ毛の下からこちらの様子をうかがう、あの視線。それは、あたしたちが完全に別の生き物になってしまったことを示していた。

ごめんなさい、と神妙に謝罪してきたその男子がそれからほどなく美羽に告白し、あっけなくふられたと噂で聞いた。ああ、美羽をよく見ていたからこの鼻も目に入ったのか、とそこで悟ったけど、あたしにはもう、どうでもいいことだった。

高校からの帰り道に、あたしと美羽がかつて通っていた、子供向けのスイミングスクールの建物がある。壁の一部がガラス張りになっていて、そこから中にあるプールの様子が見えた。まだ男も女もない細い体をした子供たちはみんな、笑いながら楽しそうに水を跳ねさせている。入口にはアイスの自動販売機もまだ置いてあった。練習終わりに、美羽のお母さんがよくあそこでアイスを買ってくれた記憶がある。毎回この世の終わりくらいどれを買うか真剣に悩む美羽は、チョコミントしか選ばないあたしに驚いていた。

プールの壁にかかったアナログ時計の長針は、あたしが来てからもう九十度ぶん動いている。

「真帆」

背後から声をかけられて振り向き、思わず目を見開く。そこにいたのは私服姿の美羽だった。ただ、髪がキャラメルアイスみたいな明るい色になっている。夏休みに入ってすぐ染める子は珍しくないけど、彼女もそうらしい。

「練習帰り？　お疲れさま」

「……美羽、なにしてんの」

「美容院行ってた。で、もしかしたら真帆いるかなーって。もうすぐ大会でしょ？　真帆、大事な大会の前はいっつもここにいるし」

当然のように言われて、なんで知ってるの、と訊いたら平然と、だって幼なじみだから、と返事があった。理屈になっていない。

「落ち着くの、ここに来ると。ただ、楽しいっていう気持ちだけで、無限に泳げたところを思い出すから」

美羽と一緒に、とは、言えなかった。

美羽があたしの隣に並ぶ。ガラスに映ったその鼻に、菜摘が目撃したというガーゼは貼られていない。視線に気づいた美羽が「ん?」とこちらを見たので、ごまかすことができなくなった。

「鼻、怪我したみたいって聞いたけど」

おそるおそる切り出すと、美羽はあっけらかんと「怪我じゃないよ」と笑った。

「整形したの。軽いのだけど、術後にちょっと腫(は)れちゃって。いまは引いたから大丈夫」

絶句する。こちらがわざと誤解をしてあげたのに、なんて率直なんだろう。

「昔から真帆には言ってたじゃん、あたし将来モデルになりたいって。絶対に受かりたいオーディションが今度あるから、どうしてもその前にやっておきたくてさ」

あたしはうつむいた。きれいな肌に傷をつけてまで、見た目ばかり気にする中身がない子みたいに噂されてまで、気にするような鼻じゃなかったのに。菜摘より藍ちゃんより、だれよりもつるんとしてきれいだったのに。

真っ白な肌、触れたくなるやわらかい髪、大きな目、小さくてつるんとした鼻。昔からずっとかわいくて、どんどんきれいになっていく、お姫様みたいな美羽。

「美羽が整形しなくちゃいけないなら、あたしなんて、恥ずかしくて生きていけないね」

「……は？　なんでそうなるの」

「あたしは末摘花だから」

そう言っただけで、通じたらしい。小さく息を呑む音がした。

「美羽はこれからもっときれいになって、有名になって、きっと、どんどん遠くに行くんだろうね。あたしなんかの手が届かないくらい、遠くに」

しばらく黙ってから、美羽はぽつりと「なにそれ」とつぶやいた。

「遠くに行っちゃったのは、そっちじゃん。勝手に自分とあたしは別の世界の住人みたいに線引きして、離れていったのは真帆のほうじゃん」

「……だって、あたし、美羽みたいにきれいじゃないし」

「そりゃ、あたしはきれいだよ」

自分で言うんだ、と驚く。本当に素直だ。

「努力してるもん。だけど、真帆だって努力してるじゃん。あたしがやめちゃった水泳もずっと続けて、がんばってどんどん速くなって、すごいじゃん。それじゃだめなの？　なんで、自分のことバカにするみたいなそんな言い方するの？」

「だって、わかんないよ。美羽、自分の鼻が整形するほど嫌いだったんでしょ。あたしはずっと、美羽みたいになりたかったのに」

言いながら、どんどん自分の口調が子供っぽくなっていくのがわかった。

ほっぺたを両側から手で挟まれて、強引に美羽のほうを向かされた。大きな瞳が、睨むようにまっすぐこちらを見つめてくる。

「あたしみたいになんか、ならなくていい。あたしは真帆の鼻が好き。真帆が嫌いでもあたしが好きなの。だから変えないで」

「なにそれ？　自分は変えちゃったくせに」

「あたしはべつに、あたし以外になりたかったわけじゃないもん。ねえ、真帆はあたしが整形したら嫌いになった？　あの顔じゃないあたしは、もうあたしじゃなくなった？」

そこで気がついた。いつもつるつるで、日焼けにだって縁がないはずの美羽の鼻の先が、ちょこんと赤く色づいている。まるでうちのお風呂で、真帆どうしよう、水に顔つけるのこわい、とべそをかいていた子供のころみたいに。

小さく首を横に振る。嫌いになれるわけがない。どんどんきれいになるけれど、中身は変わらない美羽。光源氏は最低の男だけど、もしかしたら末摘花を見て、こんな気持ちになることもあったのかもしれない。

あの国語の授業で調べた。末摘花はベニバナの別名で、意外とかわいい花だった。あたしは末摘花だから、と、これからは胸を張って言えそうな気がした。

まだ不安げに潤んでいる美羽の目を、きちんと見返しながらあたしは訊いた。

「自販機で、アイス買って帰ろうか」

それだけで、伝えたいことは通じたらしい。あたしたちは幼なじみだから。

美羽は一瞬目を見開いたあと、嬉しそうにあたしの顔から手を離し、真帆はチョコミントでしょ、と秘密めかして笑った。昔から、好きになったら一直線だもんね。

八月　ハイビスカス「勇気ある行動」

綿密に計画を立て、実行に移すのは昔から得意だった。新卒で入った会社でもその点を認められ、勤続二十年目のいまでは秘書課の主査として若い秘書たちをとりまとめている。篠原主査の計画は、いつだって完璧。とりあえず従っておけば間違いない。部下のあいだでそう評されていることも知っていた。それが純粋な信頼と言えるかどうかは別として。

夏季休暇を使ってひとりで訪れたオアフ島は、滞在中ずっと晴れていた。不測の事態に備えて雨天の場合のプランもいくつか用意していたのに、逆に拍子抜けしたほどだ。滞りなく遂行された旅行日程には我ながら隙がなく、ガイドブックにモデルコースとして推薦されても恥ずかしくない。アラモアナセンター、ダイヤモンドヘッド、ワイキキビーチ、ロミロミ、パンケーキ、ハンバーガー。最終日の明日はホテルで体力を回復してから空港に向かい、お土産を調達する手筈になっている。

抜けるような青空の下、彩度が高い景色の中で事前に計画していたスケジュールをこなしていると、まるで自分が「人生初のハワイ旅行」という、だれかに出された試験の答え合わせをしているだけのような気がした。

今年、私の部下として秘書課に配属されてきた北川綾は、歓迎会の席でそう言った。

「私、旅行のときに計画を立てないんです」

「直感に任せてノープランで行動するほうが、きっちり準備するよりも旅の醍醐味が感じられる気がするんですよね。想定外の忘れがたい出会いがあったりして、生きている実感が得られるというか」

「勇敢なのは、とてもいいことだと思う」

向かい側から私は深く考えずに答えた。本当に、深い考えなどなにもなく。

「ただ、仕事では計画性を大事にしてね」

それに対する返事は忘れたが、言い終えたとき、周囲がなぜかしんとしていることには気がついた。だが、理由まではわからなかった。私自身は北川を気に入っていたのだ。肝が据わっていて、私に対しても「そのやり方じゃないといけませんか」とか「こちらの案のほうがいいと思います」とか、はっきりと自分の意見を述べた。その都度、他の部下は私の顔色をうかがってひそかにざわついていたようだが、私はむしろ、職務について対等に意見交換できる相手ができて嬉しかった。

「北川さん。これ以上、篠原主査から嫌われないように気をつけなよー」

数日後、出張から予定より早めに戻ったとき、女子トイレの前を通りかかったタイミングでそんな声が聞こえてきて足を止めた。

「そうそう、あの人って計画性の鬼だから。ノープランとか、想定外とか、そういうの大嫌いなんだよね」

「ただでさえ露骨にいびられてるんだし、もっとうまくやらないと。黙って言うこと聞いてさえいれば、間違いないんだから」

親切めかしたアドバイスをしているのは部下の中でもとりわけ外面のいい、だが主体性には乏しいと私が考えていた子たちだと声でわかった。北川の反応を聞く前に私はそこを離れたが、急ぎ足もむなしく、彼女たちの高い声がだめ押しのように追いついてきた。

「あの人、人生楽しくなさそうだよねー。なんでもガチガチに決めて、先の先まで読んでさ。たまには羽目を外したくならないのかな？」

夜にシャワーを浴びているときから、全身が重い感じはしていた。だが、疲れが出たのだと思い気にしなかった。ベッドに入って目を閉じても眠気は訪れず、それどころか横になった体に違和感が降り積もってきて、おかしい、と自覚したときにはもう、立ち上がるのもやっとだった。

日本から持ってきた鎮痛剤をアメニティのペットボトルの水で飲もうとしたら、調子がいいときは気づきもしなかった、生ぬるい硬水のにおいを胃が受けつけなくて吐き戻してしまった。それをきっかけにしばらくトイレから出られなくなり、ようやくベッドに戻れたと思ったら、今度は脱水症状からくる頭痛と寒気が止まらなくなった。体も小刻みに震えている。ひとまず、どうにかして水分をとらなくてはいけない。

ホテルのフロントに内線電話をかけ、日本語のできるスタッフはいるかと訊ねた。時刻も遅いので期待していなかったが、幸いしばらく保留になった後、女性の声で「はい」と答えがあった。掠（かす）れた声で事情を話し、水が欲しい、それも常温のペットボトルではなく、よく冷えた水、とオーダーする。女性は淡々とこちらの話を聞いてから、十分以内にお部屋まで参ります、と断言して電話を切った。

よく言えばおおらか、悪く言えばルーズなハワイにしては珍しく、十分という約束は守られた。ノックの音を聞き、なんとかドアを開けると、夜中にもかかわらず白いアロハシャツを着て、頭の右側に赤いハイビスカスを挿した日系らしい女性のホテリエがいた。私と同世代か、やや年上だろう。目も鼻も控えめで丸っこく、日本人によくいそうな顔立ちだが、肌はハワイらしい見事な褐色だ。陽気な格好とは裏腹に彼女は真顔で、こちらの人にありがちな大仰（おおぎょう）なリアクションをとることもなく「横になっていてください」と告げ、カートを押して部屋に入ってきた。

　その言葉に甘えてベッドに戻り、私は彼女が手際よくサイドテーブルを片付けていく様子を寝ながら見守った。ピッチャーがひとつ、コップがふたつ用意され、それらの脇に薬の瓶が置かれる。そのパッケージを見て、思わず声が出た。現地の薬ではなく、日本でロングセラーになっている胃腸薬だ。

「こちらの薬は強いので、日本人の胃は逆に荒れてしまうかもしれませんから」

「……ありがとうございます」

「いいえ。災難ですね、旅行の最終日に」

「本当に……なにがいけなかったのか」

　水はペットボトルのもの以外飲まなかったし、氷もできるだけ口にしなかった。生の果物や、生魚を使ったポキもメニューの候補から外した。体を壊して帰国できなくなったら仕事に穴を開けてしまう。不安要素はなくしておきたい。そう考えて行動することのなにがいけないのか、わからなかった。

　そんなふうに先々のことばかり考えてくよくよしているから、私は目の前の出来事を心から楽しめない、ただ自分が立てた計画の答え合わせをするだけの、味気ない人間になったんだろうか。

「気をつけてもこんなことになるなら、少しは羽目を外しておけばよかった」

自嘲気味につぶやくと、女性の動きが少し止まった。その手には、ピッチャーとは別に取り出した小さな水筒が握られている。

「気をつけていたから、この程度で済んだ、ということではないですか？……あ。失礼いたしました、この程度だなんて」

「いいえ、大丈夫。私、ずっとこうなんです。我を忘れて、目の前のことに熱中するという感覚がわからない。イレギュラーな物事に飛び込む勇気がないんです。ハワイまで来てしまえば、さすがに浮かれた気分になってなにか変わるかも、なんて思ったけど、だめですね。けっきょく、自分が変わらないと」

「……もし飲めそうなら、少しどうぞ」

ふいに彼女はそう言って、水筒からコップに注いだ真っ赤な液体を差し出した。

「ハイビスカスティーです。酸味があって、口がさっぱりするので飲みやすいですよ。気分も少しよくなります」

ハイビスカスティーが体調不良に効くなんて、聞いたことがない。不安が頭をよぎったものの、彼女の生真面目な態度に対する信頼がそれを上回った。体を起こしてコップを受け取り、おそるおそる口をつける。炎天下の中をふわりと涼しい風が吹いたような、心地よい香りが喉を滑り落ちていった。

「おいしいです」

「よかった。うちの娘も具合が悪いときに、これなら飲めると言っていたので」

「お嬢さんがいらっしゃるんですね」

「ええ。いまは日本にいます。もう、二度と会うことはありませんが」

急に放たれた重い台詞に、言葉を失った。

「私も、若かったんですね。勇敢と無鉄砲を履き違えていたんです」

それ以上、追及することはできなかった。そこで私は体力の限界が来て、ふたたびベッドに沈み込んでしまった。またなにかあったら呼んでください、と彼女は言い、静かにカートを押して去っていく。お礼もままならないまま、ただ聞くともなく彼女の立てる音に耳を傾けていると、ドアが閉まる間際にぽつんとこう付け加えられた気がした。

「羽目を外さなくても、勇気は出せますよ」


「篠原主査、なに飲んでるんですか？」

北川が私の手元のマグカップを覗き込んでそう言ったのは、仕事の報告をしに来た彼女としばらく意見を交換した直後だった。少々話が白熱したせいか、みんな私たちを遠巻きに見ているのに、本人はいたってのんきだ。

「ハイビスカスティーだけど」

「あ、ハワイで買ったやつですね」

「そう。飲むとなんだか、体の中に風が通る感じがするんだよね。うまく言えないけど」

「へー！　そういえば私、飲んだことないかも。今度買ってみようかな、大きめのスーパーなら置いてありますかね」

「……多めに買ったから、一箱あげようか」

北川が「いいんですか？」と目を丸くした。もちろん、と言いながら、私はマグカップを口に運ぶ。体に取り込んだ一陣の南風に後押しされて、いまだ、とばかりに、ここ最近、言うべきタイミングを待ってずっと脳内で練習してきた台詞をとうとう口にした。

「ハワイといえば、この近くにロコモコがおいしいお店があるの。今度一緒に行かない？　もちろんお互い仕事もあるし、時間が合えば、でいいんだけど」

我ながら、いい大人が昼食の誘いくらいで大げさだと思う。だが、しかたがない。私が一の勇気を出すには、十の準備が必要なのだ。

北川は少しのあいだぽかんとしていたが、すぐに満面の笑顔になって「じゃあ、明日とかさっそくどうですか？　たしか主査も終日内勤ですよね」と身を乗り出してきた。

「……え、あ、いいの？」

「もちろん！　誘っていただけて嬉しいです。篠原主査と仕事以外でお話しできる機会って、そういえばあんまりなかったので」

「よかった。上司からの食事の誘いなんて、うっとうしいかなって心配だったの。ただでさえ北川さんには口うるさくしてしまうから、いびっていると思われても文句は言えないし」

「そんなこと思わないですよー。篠原主査はいつも、相手の話にも耳を傾けた上で一緒に最適解を考えてくれるじゃないですか。自分を曲げたくなくて意固地になるか、面倒でなにも言わないかの人が多い中、まっすぐにぶつかって時には折れてくれる。すごい勇気だなって尊敬しているんです。自分も、将来部下ができたらこういうふうに接したいなって」

お世辞ではないらしい。その証拠に、わー言っちゃった、と手で押さえてみせた北川の頬はほんのりと、まるで肌の内側でハイビスカスが咲いたように赤くなっていた。

「……どうも、ありがとう」

肩の力が抜けていくのを感じながら、私はまたハイビスカスティーを飲む。そして、あのホテリエの女性のことを考えた。もし北川に旅の思い出を訊かれたら、私はたぶん彼女について話すだろう。想定外の忘れがたい出会い、の筆頭として。もちろん、正しい勇気の出し方とともに打ち明けてもらった懺悔(ざんげ)のことは、胸に秘めておくつもりだけれど。

九月　リンドウ（青色）「悲しんでいるあなたを愛する」

花屋でリンドウを見かけると、かならず祖母のことを思い出す。私がほんの子供だったころから、敬老の日には毎年彼女にリンドウを贈っていたからだ。深い青色の花束を抱えた祖母は私の頭を撫でながら、おばあちゃんね、リンドウがお花の中でいちばん好きなの、と繰り返し教えてくれた。

「青いお花というのが、まず珍しくて素敵でしょ。それに、リンドウはきれいなだけじゃないの。古い名前を、疫病草（えやみぐさ）、といってね、病気に効く薬にもなる、いいお花なのよ」

だからね、と祖母は優しい声で続けた。

「すずちゃんも、大きくなったらこのリンドウみたいな人になってね。きれいなだけじゃなくて、みんなのお役に立てるような人に」

三十を過ぎたいまでも、あんなに愛情深い人には会ったことがない。勉強でも運動でもなんでも、私ががんばると惜しみなく褒めてくれた。泣いていればそっと抱きしめて、涙が止まるまで自分の部屋にかくまってくれた。なにも秀でたものがなかった私を、世界一素敵なお姫様だと言ってはばからず、いつでも心から私の幸せを願ってくれた。

「早く、すずちゃんの花嫁姿が見たい」

それが彼女の口癖だった。

「すずちゃんの子供はきっとかわいいわね。ひ孫の顔を見るためにも、長生きしなきゃ」

十代にさしかかったころから、私は自分が恋愛感情を抱く相手が同性であることを自覚し始めていた。そのことを遠回しに伝えても、祖母は取り乱したり眉をひそめたりせず、いつものように穏やかに微笑んでこう言った。

「思春期だからよ。大丈夫。かならず治るから、心配しなくてもいいからね」


「……ただいま」

「お帰り。雨、平気だった？」

「うん。本降りになる前に帰ってこられた。佳澄は頭、痛くない？」

「ありがとう、早めに薬飲んだから大丈夫」

低気圧に弱い佳澄よりひどい顔色をしているだろう私を、佳澄はいつもどおりに玄関で迎えてくれた。私が手にした小さな花束を見て、秋だね、とつぶやく。

私は、雨の日にはかならず花を買って帰る。二人暮らしを始めたときに決めたルールのひとつだ。天気が悪いと体調も気持ちも沈みがちになるという佳澄に、少しでも笑顔になってほしくて私が提案した。だからいわば勝手にやっているのに、佳澄は毎回欠かさず、ありがとう、と笑ってくれる。

「いまお風呂ためてるとこ。お茶飲もうと思ってたんだけど、すずもいる？」

一見なにげないこの発言だって、自分が飲むついでのように言うことで、私に気を遣わせまいとしてくれている。うん、とうなずくと、佳澄は小雨のせいで湿った私の髪を軽く撫で、手から花束をそっと取って台所に入っていった。

年上の恋人である佳澄とは、もう十年以上の付き合いになる。顔に感情が出づらいので冷たく見られがちだが、本当はとても優しい人だ。意見を言うのが苦手な私の言葉を辛抱強く待ち、口にできなかった部分まで含めて私の気持ちを慮（おもんばか）り、私よりも真剣に私のために怒ったり泣いたりしてくれる。たまに、それが少し苦しい。大切な人にはいつも笑顔でいてほしいから。

ソファに腰を下ろすと、すぐにあたたかいマグカップを手渡される。リンドウは小さな花瓶に入れてテレビの横に置かれた。凛と伸びた茎に紫がかった青い花をいくつも咲かせる様子は、華やかでありつつどこか寂しげだった。

「このお茶、いい香りだね」

「レモンマートルだって。お兄ちゃんがくれたの。コーヒー、紅茶、中国茶にハマって、いまはハーブティー。仕事ではお酒ばっかり。液体にしか興味が持てないのかな？」

　私との交際を否定されたとき、佳澄は家族全員と縁を切ることを宣言した。私はそれに強く反対し、せめて、だれかひとりとだけでも連絡できるようにしておいたほうがいいと主張した。いつもは気が弱く、何でも彼女に委ねてしまいがちな私が断固として譲らないことに、佳澄は少し驚いた様子だった。

「すず。あんた、自分がうちの親からどんなこと言われたかわかってる？」

「でも、それは佳澄のためを思って」

「そんなわけない。それに、そうだとしても許せないよ。家なんかもともと捨てたかったの、すずが責任を感じる必要ないから」

「そうじゃないの。どんなに細い糸でも、佳澄には手を離さないでいてほしいんだよ。一度切れたらもう元通りにはできないんだから。ねえ、お願い」

　佳澄はまだなにか言いたそうにしていたが、私の顔を見て唇をぎゅっと結び、しぶしぶといった様子で了承した。

　佳澄と家族をつなぎとめる糸になってくれたのは、五歳上のお兄さんだった。佳澄が病気で亡くなったお母さんの葬儀に出られたのも、彼のおかげだ。

「すずさんには、ずっとお礼が言いたくて」

バーテンダーをしている彼のお店に、私も一度連れて行ってもらった。抜けるように白い肌と賢そうな切れ長の目が佳澄によく似たお兄さんは、佳澄がお手洗いに立ったタイミングで、私にそっとそうささやいて微笑んだ。

「佳澄、あれで意外と優しいから。罪悪感を発散する場所が完全になくなったら、それはそれで後悔したと思うんですよ」

「わかります。私自身、後悔しているので」

「……親御さんですか」

「祖母です。最後に会ったときには、もう入院中でした。顔を見たら決心が鈍ると思って、わざとそのタイミングを選んで家を出たんです。冷たい孫でしょう？」

「どんな方だったんですか」

「見たことがないくらい、優しい人でした。リンドウの花が好きでした」

そうですか、とお兄さんはうなずき、少し視線を動かした。同時に佳澄が戻ってきて、自然に話題は別のことへと移っていった。家族の話をしたのはその日が久しぶりだ。ましてや祖母のことなんて、佳澄にすらほとんど伝えていない。

「お兄ちゃんが教えてくれたんだけどね」

並んでハーブティーを飲みながら、佳澄が言った。前を向いた視線の先には、音量を絞ったテレビと青い花を活けた花瓶がある。

「リンドウって敬老の日の贈り物にされがちだけど、じつはよく思わない人もいるらしいよ。群生しないっていうの？　群れずに咲くから、孤独なイメージがあるんだって」

「知らなかった。お兄さん、詳しいね」

「いい歳してチャラいよね、ほんと。女の子受けしそうな豆知識だけは豊富なの」

佳澄は苦笑しつつも、その声には隠しきれない愛情が滲んでいる。よかった、とあらためて思った。彼女が私のせいで、お兄さんとの縁まで捨てることにならなくて。

「でも、悲しげだからこそリンドウは美しいし、その凛とした姿が人を惹きつけるんだって。まあ、あの人の持論っていうか、口説き文句の常套句（じょうとうく）みたいだけど」

「お兄さん、悲しげな人が好みなの？」

「どうだろうね。ああ見えて案外チョロいから、儚（はかな）げで幸薄いタイプには弱そう」

「だとしたら、申し訳ないけどちょっと、悪趣味かも」

「そう？　珍しい、すずがそんなこと言うの」

「好きな人には、いつも笑顔で、楽しそうにしていてほしい。幸せな姿がいちばん美しい、そう思うのが愛情ってものじゃないかな」

「私は、それだけじゃないと思うけど」

優しかった声が、少しだけ糸を引くようにぴんと張った。いつも私を尊重してくれる佳澄が、こんなにはっきりと私の言葉を否定することはほとんどない。

「こっちを喜ばせるために無理して笑われて、知らない場所で泣かれるより、すぐそばで悲しんでくれたほうがずっと嬉しい。私はね」

「……リンドウの話、だよね？」

「うん。リンドウの話」

私たちは目を合わせなかった。黙って前を向き、同じ一点を見つめていた。

「佳澄は強いね」

「そう？」

「私は、好きな人の悲しむところなんて見たくないな。優しいからじゃなくて、耐えられないから。それが自分のせいならなおさら」

多様性だのマイノリティーの権利だの、老い先短い祖母にもっともらしい理屈を押しつけ、理解を強要することにどうしても意味を感じられなかった。たとえそれが正義であろうと、長年かけて祖母が築いてきた価値観を私の都合で揺らがせて、居心地のいい穏やかな世界から彼女を蹴り出すことに変わりはない。それなら、ひとりで秘密を抱えたほうがずっとましだ。そう考えていた。愛情を惜しみなく注いでくれた祖母を、私のせいで悲しませたくなかった。

だが、実際は違ったのかもしれない。もし、私のせいで祖母の笑顔が消え、冷たい軽蔑のまなざしを向けられたらと、想像するだけで二度と立ち上がれなくなりそうだった。だからそうなる前に、話し合うことからも、祖母自身からも逃げた。悲しませたくない、なんて、さも相手のためを思っているようなふりをしながら、けっきょく私は、自分を守ることしか考えていなかった。

「すず、この時期になるといつもリンドウを買ってくるよね。ふだんは空間が明るくなるからって、オレンジとかピンクの花を選ぶことが多いのに」

「おばあちゃんが好きだった花なの」

だてに長年付き合っているわけではない。そっか、と答えた佳澄の声の響きだけで、私は彼女が事情を察していることを確信した。おそらくお兄さんのバーに行ったとき、私たちが話しているのが聞こえたのだろう。

「私の花嫁姿が見たい、ひ孫の顔が見たいって、いつも口癖みたいに言ってた」

「それはさ、昔の世代の人からすれば、幸せになってほしいくらいの意味だよね」

まあ言われるほうはそう思えないから困るんだけど、とさりげなく付け加える佳澄は、やっぱり優しい。私のことも祖母のことも、傷つけない表現を注意深く選んでいる。その上で、逃げずに自分の意見を伝えてくれる。

「私におばあちゃんと向き合う勇気があれば、いまごろなにか変わってたのかな」

ふいに佳澄の手が伸びてきて、私の頭をそっと傾けた。

自然と彼女の肩に顔が埋まる。彼女の着ているスウェットと私の頰の重なった部分が、じわじわと熱を帯びて湿っていく感触があった。

「私には、すずのおばあちゃんの気持ちはわからない。愛情があっても、自分の理想を押しつけて人を苦しめることは暴力だから。すずが耐えられなかったのは、正しいと思う」

佳澄の言うことはいつもまっすぐで、リンドウの冴え渡った色のように心に染みてくる。

「でも、だからって私が、いまでもおばあちゃんを大事に思っているすずの気持ちを否定するのも、やっぱり暴力だから」

だからね、と言う佳澄の声は、気丈な彼女らしくもなく、少し不安げだった。

「そういうとき、せめてそばにいさせて」

涙を悟られたくなくて返事をできずにいると、いきなり佳澄の体がぱっと離れていった。私の顔を覗き込み、それに私、すずの泣き顔もけっこう好きなんだよね、かわいくて、なんて笑ってみせる。

「ほら、かわいそうとかわいいって、そもそも語源は一緒だって言うしさ？」

「……さっきまでの、だいなし」

悪趣味、と文句を言うと、佳澄は悪びれた様子もなくけらけらと笑った。私もつられて苦笑する。恋人が変態でよかったよ、とわざと半眼を作って言うと、そうでしょー、なんて胸を張るからとうとう吹き出してしまった。いい大人の悪ふざけを見かねたように「お風呂が沸きました」とアナウンスが響き、佳澄は笑ったまま、入っておいで、とふたたび私の頭をくしゃっと撫でた。

十月　キンモクセイ「陶酔」

　文化祭当日は、あいにくの雨模様だった。美術部員たちが何ヶ月もかけて完成させた正門のオブジェはすでに濡れそぼっているし、吹奏楽部の野外演奏や後夜祭のフォークダンスも、ぬかるんだ地面の危険性を鑑(かんが)みて中止が決まったとさっき校内放送を通じて発表された。天気のせいか一般客の来訪数も伸び悩んでいるようで、三階の国語準備室から見下ろす校庭は閑散としている。生徒たちの鮮やかな青春の一コマになるはずだった光景は、まるで古い白黒写真のように現実味が薄い、もの悲しい雰囲気を漂わせていた。

「なんだか、生徒たちがかわいそうですね。せっかくこの日のために準備してきたのに」

　雨に打たれる窓ガラスを眺めていると、後ろにいた安倍(あべ)先生がふいに口を開いた。私のクラスの副担任で文芸部の顧問でもある彼は、今年から新卒でこの高校に赴任してきた。利発な草食動物のように愛嬌のある目とすんなりとした体型のせいか、外見からはあどけない印象を受けるが、気持ちのほうもまだ生徒側に近いらしい。頭上にしょんぼりと垂れた犬の耳の幻覚が見えるほど消沈している。

「大丈夫。あの子たちは、不自由な環境の中でも楽しみを見つける天才ですから」

ね、と廊下のほうを指させば、呼び込みの声や出し物のＢＧＭに混じって、ばたばたと走っていく足音が響いている。安倍先生がはっと入口に向かい、引き戸を開けて「危ないから廊下走っちゃだめー！」といまいち迫力のない声で叫んだ。案の定、あべっちうざーい、と笑い声が遠ざかっていく。

「まだ威厳（いげん）ないんですかね、僕……」

「まあまあ、怖いものなしの年頃ですので」

二十年以上前とはいえ、私もかつては女子高生だったので、彼女たちが若い男性教師にどういう感情を抱き、気を引くためにどういう態度をとるかは承知している。だが、そんな無粋（ぶすい）なことは当然口にしなかった。

ぼんやりしていると心だけが過去に戻っていきそうで、私は少し窓を開ける。雨音が強くなると同時に、ほんのりと甘い香りが漂ってきた。この時期になると校内のどこにいても届く、優しいのに決して無視できない強さを孕（はら）んだ芳香。

「キンモクセイですね。このにおいがすると僕、懐かしい気持ちになるんですよ」

「詩人ですね」

「いえ、実家で使っていたトイレの芳香剤にそっくりなので」

無邪気な発言に、思わず吹き出した。

「私だからいいけど、生徒の前では同じことを言わないでくださいね。とくに女の子たちにとって、あの木は特別ですから」

隣に並んできょとんと首を傾げる安倍先生に、私は人気のない正門のほうを指さしてみせた。

「この高校では有名なんです。正門にあるキンモクセイの木に花が咲いているあいだに、その下で告白したらうまくいくって」

「へえ、そんな言い伝えがあるんですか」

「うちは秋の行事が文化祭だけなので、その恩恵にあずかろうとする生徒が相次ぐのはだいたい今日なんです。行事の直後は気持ちが高揚するから、引っ込み思案な子も勇気を出しやすいみたい。いつの時代も変わりませんね」

「そういえば後藤先生は、この高校のOGなんですよね。もしかして、ご自分でも『恩恵にあずかろうと』したことがあるとか？」

「さあ……どうだったかな。忘れました」

幸い、それ以上の追及はされなかった。

「かわいそうだけど、その恩恵は今年は受けられないでしょうね。この雨だと今日でキンモクセイは散ってしまうだろうから」

ドアがけたたましく開き、入口から「あべっちいるー?」と声が響いた。揃って振り向くと、三年の女子が数人固まって目配せを交わしている。先頭にいるのは元水泳部の松浦藍(まつうら)だ。現代風に表現すればカースト上位の生徒だが、少々短絡的で、自分が注目を集めないと気が済まない傾向がある。以前は同じ部活の生徒とよく一緒にいたが、その中のひとりだった大西真帆がスポーツ推薦を受けると知って周囲に「先生がひいきしている」とこぼしているらしいと水泳部の顧問が嘆いていた。大西の小論文の指導も担当してその地道な努力を目の当たりにしていた私は、まあまあ、わかる人には正当な評価だとわかりますよ、と彼を慰めた記憶がある。

「あべっち、大事な話があるから来てよ」

「え? だめだよ、そろそろ文芸部の様子を見に行かないといけないから」

「どうせ文芸部なんてだれも来ないじゃん。ちょっとだけ! すぐ終わるから!」

後ろの生徒もそうだそうだと同調し、安倍先生はしどろもどろになる。彼女たちは私のほうを一瞥もしないが、あきらかにこちらに向けて無言の圧を放っていた。空気読め、わかるでしょ、本が恋人のまま四十過ぎた「終わってる」おばさんとはいえ、いちおう同じ女なんだし、という圧を。

「文芸部には、私が代わりに行きますよ」

「後藤先生、でも……」

「決まり！　ねえねえあべっち、早くー！」

松浦たちはぐいぐいと安倍先生の腕を引っ張り、国語準備室から連れ出した。彼には悪いと思いつつも安堵の溜息をつく。私情を生徒に見せる気はないが、世界の中心が自分たちだと信じて疑わないようなああいう集団には、どうも昔を思い出して身構えてしまう。

彼女たちの声が完全に聞こえなくなるのを待ってから、私は窓を閉めてキンモクセイの香りを遮った。

文芸部の出し物は、私が生徒だった時代からずっと部員の詩や小説の展示と決まっていた。晴れでも雨でもさして客足に影響がないことも、あのころと変わらない。静かな部室のドアを開けると、窓際に椅子を出して本を読んでいた部長の石川ひかるが音に反応してぱっと視線を上げ、私を見て気の抜けたような顔をした。

「後藤先生、お疲れさまです」

「お疲れさま。石川さん、ひとり?」

「はい、他の子には、部室には私がいるから自由にしていいよって言いました。だめでしたか」

「大丈夫。でも、石川さんはいいの？」

「こういう、お祭り騒ぎみたいな空気って得意じゃないから。クラスにいてもやることないし、ちょうどいいんです」

去年まで文芸部の顧問は私だったので、彼女とは教師と生徒という関係のわりには踏み込んだ話もする仲だ。休み時間も読書をしているせいか、同級生たちからは物静かに思われがちな彼女だが、文学談義をするときには年相応に無邪気な表情も見せる。今年、安倍先生が文芸部の顧問になってからはそういう機会も減っていたが、べつに自分が嫌われたわけではないことはわかっていた。

「安倍先生、なんだか用事ができたみたい」

「松浦さんですか？」

答えに詰まった私に、石川は「あの子、最近ずっと騒いでたから」と苦笑した。

「文化祭で絶対コクるって。それに、どう見ても文学なんか興味ないくせに安倍先生の授業のたびに質問しに行って、自分が部活を引退してからは、うちの部室にまで顔出しに来たし」

「ずいぶん積極的ねえ」

「どうするんですかね、告白して。断られるに決まってるのに。そもそも女子高生の告白を真に受けるような教師って、その時点でドン引きじゃないですか？」

「それでもいいんじゃない？　告白する自分、恋する自分に酔いたいんでしょう」

「全然わからない。なんかダサいですよね、そういうの。自分勝手な感情に酔って、人に迷惑かけて」

「そう？　私は、ちょっとうらやましいかも」

石川は一瞬目を瞠ってから、少し傷ついたように、意外です、とつぶやいた。

「後藤先生もそういう、若いうちはアオハルしておきなさい的なこと言うんだ」

「ううん、そうするのが正しいという意味じゃないの。現に、安倍先生からすればたまったものじゃないだろうし。ただ、大人になるとどんどん、みっともなく失敗する勇気ってなくなるから。みんなが、じゃなくて、自分が、そうしておくのもよかったかなって」

石川は窓の外に視線を向け、しばらく黙ってからぽつりと「そうですね」と言った。その視線を追っていくと、正門の脇にそびえるあのキンモクセイに行き着く。根元のあたりに人影がふたつ見える気がするが、あれは松浦と安倍先生だろうか。遠くてよくわからない。

「私、キンモクセイの香りが苦手なんです」

石川が言い、私は黙って続きを促した。

「トイレの芳香剤みたいじゃないですか？　でもみんないいにおいって言うから、

合わせないと居心地が悪くなるのもしんどくて」

「相変わらず、おもしろい考え方ね」

「おもしろくても、かわいくないですよね。お花の香りにうっとりして、お祭りは全力で楽しんで、恋をしたら全身全霊で浮かれて、思いきり笑って、泣いて。そういう子のほうが、きっと、かわいいですよね」

私は答えなかった。そうだ、とは思わないが、そんなことはない、という返事を彼女が求めていないこともまた、わかっていた。

「安倍先生も、さっき同じこと言ってた」

「え？」

「キンモクセイ。芳香剤みたいだって」

石川は黙っていたが、目尻が少し赤らんだのが見て取れた。

目は口ほどにものを言う、というのは彼女のためにある諺(ことわざ)だ。今年の四月、この部室で後任として安倍先生を紹介したときも、同じことを考えたのを思い出す。

「石川は誠実に世界を見て、その景色を大切にしながら表現を選んでいる。胸に湧く泉がとても豊かで、澄んでいる人だと思ったよ」

事前に部員たちの作品に目を通してきたという安倍先生は、彼女の作った詩をそう褒めた。気障(きざ)な言い方、と笑おうとした私は、石川の紅潮(こうちょう)した目元を見てそれを思いとどまった。同時に、あーあ、と思った。だめですよ、安倍先生。かたくなに装った心の青く柔らかい芯に、そんな優しい言葉で触れては。一生忘れられない記憶に、なってしまいますよ。

「かわいいは正義っていう言葉もあるみたいだし、もちろん、かわいいことはいいことなんだろうけど。でも、絶対ではないと思うの」

それはかつて、私がかけてほしかった言葉だった。初恋にどっぷり酔うほど子供になりきれず、かといって、思い出づくりと割り切って勇気を振り絞るほど大人ぶることもできず、ただ初めて見る世界に怯えるばかりだった、自分自身が。

石川の心に届くよう、願いを込めて言う。

「私は、好きですよ。かわいい人と同じくらい、おもしろい人のことも」

そう思えるようになったのは最近、昔の自分とどこか似ている、あなたに出会ってからだけど。そんな続きは胸に留めて、私は部室の後方、壁際に並んだ机にずらりと置かれた冊子のひとつを手に取った。

「石川さんの作品、読んでもいい？」

石川は戸惑いながらもうなずき、私は彼女の近くに椅子を出してきて座った。なんだか目の前で読まれるのは照れますね、と笑うその顔全体が、ほんのりと橙色に染まっていることに気がついて窓の外を見る。

「雨、やんだね」

キンモクセイの木の下に、もうさっきまでの人影はなかった。雨で洗われた空には美しい夕焼けが広がっている。石川はキンモクセイによく似た色の鮮やかな光を顔に浴び、まぶしそうに目を細めて、文化祭、終わっちゃいますね、とつぶやいた。どこか寂しげに。

部室は校舎の端にあり、喧噪は届かない。にもかかわらず、キンモクセイの香りはここまで漂ってきた。青春の中心にいられない、いられなかった私たちを抱きしめるように。

十一月　ローズマリー「あなたは私を蘇らせる」

やっぱり生のハーブは香りがいいですね、と、料理教室の生徒のひとりが感嘆の声を上げた。まだ二十歳そこそこに見える彼女にそんな違いがわかるのかと疑わしく思いながら、私も皿に盛られた細い枝をおそるおそる少し手に取る。針のような葉に淡い紫の花が混ざったそれは、朝、先生がベランダの鉢(はち)から摘んだばかりのローズマリーらしい。虫や土が残っていたらどうしよう、ちゃんとよく洗ってあるのだろうか。その程度のお金を惜しまなくとも、ハーブくらいスーパーで買ってくればいいのに。

「本日はこのローズマリーと旬の秋鮭で、プロヴァンス風のソテーを作ります」

ぷろばんす？　と、さっきの娘がまぬけな口調でつぶやく。鼻白みながら「南フランスよ」と教えてやると、キッチンスタジオ内の視線が一斉にこちらを向いた。

「向田(むこうだ)さんは旅行が趣味で、先日もおひとりで現地に行かれたそうですよ。じつはそれをうかがって、本日はプロヴァンス料理にしようと思いついたんです」

先生がにこやかに言う。よけいなことを、と内心舌打ちするよりも先に、えー、素敵、優雅ねえ、と次々に声が上がり、なぜか拍手まで起こった。先生は四十にしてメディアに引っ張りだこの人気料理家らしいが、それにしては生徒との距離が近い。私が初めて参加したときも、さっきの若い娘が「あっこ先生、こないだ教えてもらったラウラウさぁ」なんて気安く呼びかけるのを笑って受け入れていたので仰天した。仮にも学びの場所なら礼節をわきまえさせればいいのに。これではカリスマ料理家の教室というより、さながら婦人会のホームパーティだ。

やはり、るりの紹介など真に受けるのではなかった。五十になるまで料理とは縁がなかったせいで、いざ習おうと思い立ったはいいが、教室探しにはずいぶん苦労した。いまさら若者にまざって恥を晒したくはない。かといって「シニア向け」を謳う教室は、ずっと妻を家政婦扱いしてきた男たちの巣窟になっていそうで気が進まない。高校時代の同級生とのグループトークでそう愚痴をこぼしたら、るりが個人経営のこの教室を勧めてきた。

『一度、体験レッスンに連れて行ってもらったの。メニューもおしゃれだし、先生も生徒さんたちも感じがよくて素敵なところよ』

『るりはもう通っていないの？』

既読マークがついてから返事が来る前に、しばらく意味深長な間があった。

『義母の介護があるから凝ったものは作れないの。塩分量とか飲み込みやすさとか、考えないといけないことが多いから。あの歳になると、慣れないものは食べたがらないし』

反応に困った末に『そうなのね』とだけ答えると、追加で『それに、料金が高いから払いつづけるのが難しくて。真弓ならそんな心配はないでしょう?』と送られてきた。たしかに、ホームページに記載されていた受講料は決して安くなかったが、本当に通いたければ主婦のパート代からでも捻出できないほどではない。それに、介護だの値段だの、そんなことは最初からわかっていたはずだ。その上で興味があったから足を運んだくせに、なぜあんないじけた言い方をするのだろう。

けっきょく、るりは「家族に尽くしている健気でかわいそうな自分」が好きなのだ。彼女はいつも会うと「時間がない、お金がない」と嘆き、続けて「真弓はいいわね、自由で。大企業にお勤めだし」と言う。その後決まって「でも、やっぱり人として家族は大事にしないとね」とわざとらしく前向きになってみせて、悪意など抱いていませんとことさらアピールしてくるのも腹立たしい。まるで私が苦もなく大企業に入り、日々の給料をなんの犠牲も払わずもらい受け、そのせいで人として欠けたところがあるような口ぶりだ。こちらがいくら建設的なアドバイスをしても聞く耳を持たないくせに、苦労自慢だけされたって同情のしようがない。

感じがよくて素敵なところ。いかにもるりらしい褒め言葉だ。いま思えば、だからなんだというのだろう。雰囲気のいいアットホームな職場です、なんて決まり文句が信用できないことは常識なのに。彼女にはそういう、考え無しと人のよさを履き違えたところがある。だから不満があっても改善せず、不満があることにさえ目を瞑(つむ)り、そのぶん周囲にストレスをかけるのだ。死んだ私の両親と同じ。

　もう取り潰された私の実家の庭にも、母が育てるやたら香りの強い草がたくさん生えていた。子供の目には雑草にしか見えなかったそれを、母は水仕事で荒れた手でちまちまと摘んでは日々の食事に使っていた。父がただでさえ少ない給料を、見栄を張って浪費してしまうぶんを補うために。そんなことをするくらいなら、一度くらい父にはっきり抗議すればよかったのに。

「向田さんは、海外によく行くんですか？」

　五人いる生徒が自然と三対二に分かれたので、私は例の娘と一緒に組む羽目になった。秋鮭に下味をつけつつ「たまに」と答える。

「すごーい、うらやましいです。うちは毎日かつかつだから。子供も小さいし」

　また、この言い方だ。お金がないこと自体は罪ではない。だが、どうしてそれを得意げに語る人たちは、そのことを自分が清廉潔白に生きてきた証のように、そうではない人間はずるいのだとでも言いたげにするのだろう。

「お子さんはいくつなの」

「四歳です」

「そう。私はそれくらいの年頃から、大人になったら自分の力とお金で好きなように生きたいと思って、ずっと努力してきたから」

　ばふっ、と小麦粉に沈めた秋鮭が跳ねて、白い粉がバットの外まで飛び散る。生のハーブの香りがわかると主張するわりにプロヴァンスの意味も知らないような娘には、この程度の皮肉は通じない、という侮りの気持ちがあった。現に、そうなんですねー、という返事は能天気で、傷ついたような様子はない。

「この教室って、いろんな国の料理をできるだけ簡単に教えてくれるじゃないですか」

「……そうみたいね」

「うちの子、海外の絵本が好きで。とくに、知らない料理の絵があるとすっごい嬉しそうに『これなに?』って訊くんです。だから、すぐ本物を見せに行ってやるのは無理でも、近いものは食べさせてやりたくて」

　フライパンにオリーブオイルを入れて、火にかけながら彼女は言う。そこに生のローズマリーの枝を少し落とすと、淀んだ感情を一掃するようなみずみずしい香りが広がった。

「あの子も、大人になったら向田さんみたいに本物を食べに行ってみてほしいな。全然違うじゃん！　って言われるかもですけど」

そう言って笑う幼い顔は、若い母親というより彼女自身が子供のようだった。それなのに侮りと苛立ちが自然と引いていったのは、ローズマリーの香りの効能かもしれない。

「向田さんみたいなかっこいい大人に育てるために、いまから親ができることってありますか？」

「私みたいになんて、しちゃだめよ。この歳まで自炊もまともにしてこなかったんだから」

媚びるように料理をする女たちのことが、ずっと嫌いだった。母のような。るりのような。私にとって料理とはずっと、他に生き延びる手段のない女たちの行き着く、みじめな自己主張の最終手段にすぎなかった。

「え、それってそんなにいけませんかね」

「世間的にはそうなんじゃない？　あなただって、お子さんにおいしいものを食べさせてあげるためにここにいるんでしょう」

「んー、まあ、そうですけど……なんかそう考えると、料理って不思議ですよね」

「え？」

「できるかできないか、するかしないかによって、人間性まで試されるような気がしませんか？　おいしいものを食べたい、食べさせたいって気持ちが先にあって、そのために作るか買うかってだけの話なのに。いつのまにかどっちを選ぶかのほうが大事に思われて、目的と手段が逆転してる、みたいな」

フライパンに、調味料をまぶした二切れの秋鮭がそっと乗せられた。じゅうっという音とともに、さきほどまでまだ生き物の質感を残していたそれがみるみる熱されて変貌（へんぼう）していく。表面にかりかりした衣が形作られ、その中にじわりと脂（あぶら）が閉じ込められていく。

「掃除や洗濯にもそういうところはありますけど、そっちはルンバとかドラム式洗濯機とかどんどん便利なものが出てくるし、それをだれも疑わないのに。料理だけは、ずっと時短しないことが正義みたいな価値観を押しつけられてる感じがして、なんかちょっと逆にかわいそうになっちゃう」

「そんなこと、考えたこともなかったわ」

「向田さんは、どうしていまから料理を始めてみようと思ったんですか？」

「人間ドックの結果が出たから、かしら」

そうなんですねー、という、聞いているのかいないのかよくわからない返事に、むしろ勢いづけられた気がした。

「来月、入院して手術を受ける予定なの」

次の「そうなんですね」は、これまでほど能天気に響かなかった。そのことを少し申し訳なく感じつつ、なんでもない顔で続ける。

「その前に、思い出作りのつもりでフランスに行ったんだけど。帰国して、もう二度と現地で食事はできないかもしれないと、そう思ったら急に悔しくなってね。冗談じゃない、という気持ちになったのよ。たとえ、行きたい場所に自由に行けない体になっても、欲しいものは絶対に自分で手に入れる。買えないのなら、作ってやればいいんでしょう、ってね」

オリーブオイルとハーブの香りをまとった秋鮭が、白い皿の上にうやうやしく寝かされた。同じフライパンにあらかじめ刻んでおいたトマトやオリーブを入れ、鮭から出た脂でじっくりと炒めたソースを作ってかける。その上に花を残しておいたローズマリーの枝を飾りとして最後に添えて、秋鮭のソテーが完成した。

完成した料理を持ち寄って、先生の解説を聞きながらひとつのテーブルを囲んでみんなで食べるのがここの決まりだ。私の隣には当然のように、さきほどまで一緒だった彼女が座った。いまどきの若者らしくスマホで角度を変えて何枚も料理の写真を撮りながら、ふいに「そういえば、南フランス風の料理ってどういう感じなんですか」などと悪びれず言うので、いまさら？　とあきれてしまう。

「南フランスはね、ハーブの自生に適した環境で、料理にもたくさん使うの」

「そうなんだー。でも、作り方は意外と簡単だったけど、再現するとなったらいろんなハーブを揃えないといけませんよね。家で子供に作ってあげるの、ちょっと大変かもしれないな」

「うちにフランスで買ったエルブ・ド・プロヴァンスがあるから、今度持ってきてあげましょうか」

「エルブ……？」

「要はミックスハーブね。生のハーブが手に入らなくても、塩こしょうと一緒に使えばいいから簡単よ。下味に少し混ぜたり、焼いた魚やお肉にかけるだけでもぐっと現地の味に近づくから」

「え、便利！　でも、本当にいいんですか？」

「もちろん。お子さんに、少しでもいいものを食べさせてあげてちょうだい」

私には、使い切れないかもしれないから。

そんな言葉が飛び出そうになって、慌ててフォークに刺した鮭を口に入れた。さくりと繊細な衣が破れ、ほろほろと身が崩れる。同時にローズマリーの清涼な香りが立ち、鼻を通って目の奥までせり上がってくるのを、上を向いて味を堪能するふりをしながら押しとどめる。

顔も知らない彼女の子供に、まだ見ぬ海外の味がわずかなりとも届けばいい。そうすれば、少しはこの人生も捨てたものではなかったと思える。つい、そんな気がしてしまった。

「向田さん」

退院したら、いままで旅行した国の料理のこと、また教えてくださいね。

そう彼女は言い、スマホをしまってフォークを手に取ると、華奢（きゃしゃ）な身体にそぐわぬ力強い声で「いただきます」と叫んだ。

十二月　カネノナルキ　「幸運を招く」

私がこのコンビニを去るのは、役者として大成するときだと本気で思っていた。そんな前兆はないのに、近頃、私はバイトを辞めるか真剣に悩んでいる。三十代を迎え、稽古やオーディションを優先するため日中は時間がなく、でも生活費は稼がなくてはならない。こんな三重苦の私にとって、幅広い層の人がいて夜勤も多いこの仕事は天職だというのに。

「げ、吾妻(あがつま)ましろじゃん」

そう舌打ちしたのは、白い息を吐きながら入ってくるなり雑誌コーナーの前に直行した女の子二人組の片方だった。着ているコートやうっすら施したメイクは大人びて見えるが、長い髪の隙間から見える赤い頬はあどけなさをまだ残している。いまの若い子も「げ」って言うんだなと思いつつ、品出しをしながらつい耳を澄ませてしまった。

「しょうがないって。今回の映画、りっくんとこの人のダブル主演だもん」

「どうせみんなりっくんしか見てないでしょ。デビュー作で新人賞とったくらいで勘違いすんなって感じ。てか三十過ぎのババアが新人ヅラとか図々しくない？」

「真帆はこの人のこと、けっこう好きって言ってたけど」

「あの子やっぱり変だよね。東雲さんとも平気で仲良くしてるし。引き立て役にされてるに決まってるのに、お人よしっていうか鈍感っていうか」

隣の子はいまいち賛同しかねるのか、んーとかあーねとか、曖昧な相槌を打っている。服装や髪型も比較的控えめな彼女が、共通の友人に向けられたらしい「引き立て役」という言葉をどんな心境で聞いたのか、下世話ながら少し気になった。

「こういう清楚ぶった女ほど計算高いんだよ。急に出てきて昔の話まったくしないのもあやしいじゃん。なんか隠してることあるでしょ、絶対」

「うーん……まあ、謎めいた雰囲気はあるよね」

「謎っていうかうさんくさい。なんでみんな騙されんのかねー。インタビューとかでも、りっくんがやたらこいつのことベタ褒めするからまじうざい。調子に乗るなよ、運がいいだけのくせに」

さんざん文句を言いつつも、けっきょく彼女は目当てとおぼしき雑誌を一冊取り、憤然とドリンクコーナーへ向かう。もうひとりがぽてぽてとついていく背中を労(ねぎら)いを込めて見送る一方で、あの口汚いほうの彼女がうらやましくもあった。私もあんなふうに、手前勝手な嫉妬と劣等感を、正当な嫌悪感と勘違いできるほど愚かだったなら。

そうすれば、かつての戦友への理不尽な陰口に心を寄せてしまう、自分の醜(みにく)さになど気がつかなくて済んだのに。

夜勤明け、いつものお弁当やペットボトル飲料と一緒にその雑誌を買って部屋に帰ったのは、せめてもの罪滅ぼしだった——いや、そんな言い方はずるい。みじめな自分への失望を紛らわせるための、しょうもない見栄だ。

もそもそと生姜焼き弁当をお茶で流し込みつつ、ローテーブルに置いた雑誌の表紙を眺めた。年明けに公開される映画の主演を務める二人が、背中合わせに立って笑っている。髪を白に近い金に染めた背の高い男の子のほうは、何年か前にオーディション番組を経てデビューした新人アイドルだ。この作品で演技初挑戦という彼の相手役を務めるのが、遅咲きのデビューながらいまや実力派として定評のある吾妻ましろだった。

うちのコンビニも、最近はこの新作映画の宣伝一色だ。入口にポスターが貼られ、店内放送では彼らの音声メッセージが流れる。おまけに涼しげな美貌も印象的な吾妻ましろは、最近では各種雑誌の表紙も飾っていた。陳列棚を整えつつ、映画の公開さえ終われば、と自分に言い聞かせる一方、どうしても考えてしまう。彼女は一生売れつづけて、ブームは永遠に終わらないのではないかと。

ぱらり。箸を止めないようにしつつ、空いた手でついでのようにページをめくる。

「映画『僕の手を離さないで』公開記念主演対談　高遠陸翔（たかとおりくと）×吾妻ましろ」

そんな見出しのついた記事のグラビアで、二人は並んでそれぞれ手にしたものを掲げている。男性アイドルのほうが持つクリアファイルには、なぜか薄くぼかしが入っている。そして吾妻ましろは、撮影用の小物にしては立派な鉢植えをお腹の前で抱えていた。ぽってりとした葉っぱの上に、ピンクの小さな花が丸く連なっている。控えめだが可憐（かれん）なそれは、彼女の笑顔によく似合っていた。

その写真を見て、一瞬、呼吸が止まった。

——本日は今回の映画にちなんで、お二人に「手放せないもの」を持参していただきました。まず高遠さん、説明をお願いします。

高遠「はい。僕は昔、地下アイドルをしていたんですが、ライブの告知で自作のビラを配っていたとき……無視には慣れてましたけど、いったん受け取ってから目の前で踏みにじられたことがあって。そのときのビラです」

吾妻「えっ!?（目を見開く）」

高遠「あまりにきれいに足跡がついたので、なにか意味があると……思ったというか、思い込んだというか。つらいことがあってもこれを見ると『あの痛みを忘れるな、ここで終わっていいのか！』って気持ちになるんです」
吾妻「怒りと悔しさをバネに……」
高遠「若気の至りです。五年も経ってませんが（笑）。じつはそのころ、ちょうど吾妻さんのデビュー作の『わたしは箱の中』を見て」
吾妻「えっ、初めて聞いた！」
高遠「初めて言いました（笑）。失礼だけど、吾妻さんは当時無名の新人でしたよね。それなのに存在感が圧倒的で。あのころの僕は、売れるなら何歳までとか、事務所の力がなくちゃとか、周囲の声に惑わされていたんですけど、なんだ、本物の輝きってどんな形でも見つかるんだって。勝手に勇気をもらったんです」
吾妻「嬉しい。あの映画は私にとって、すべてを捨てて挑んだ最後のチャンスだったので。そのやぶれかぶれというか、体当たりの感じが、当時の高遠さんにも届いたのかな」
そこで、読み進めていた目が止まった。
吾妻ましろのキャリアと、その映画は切っても切り離せない。デビュー作にしてヒロインに抜擢（ばってき）された彼女は、単館上映から始まった作品を異例のヒットに導いたことで一躍人気女優の仲間入りを果たした。
すべてを捨てた、自覚があったんだね。演劇について教えてくれた恩師も、切磋琢磨した仲間も、ずっと支え合ってきた幼なじみの私も、あなたはすべてを捨て東京に行った。そのことをこんなきれいな言葉で、裏切りも涙も、なにもなかったみたいに語るんだね。

高遠「吾妻さんって、意外と熱い方なんですよね。最初はもっとクールというか、ミステリアスな印象でした。自分の話をなさることがあまりなかったから」

吾妻「口下手というのもあるけど、なるべく純粋に演技だけで貢献したいので、作品の邪魔になるような情報はできるだけ公表を控えたくて。私自身は掘り返してもなにもない、おもしろみのない人間だし（笑）」

私たちの所属していた劇団はいわゆるアングラな芸風で、血のりを大量に使ったり性的描写を積極的に取り入れたり、過激さで「人間の暗部」を表現するのを主題としていた。そんな作品の客席に、あんなすかした映画のプロデューサーがなぜいたのかは知らない。それもましろの力だろうか。コンビニであの女の子が吐き捨てた「運」の強さ。

――過去を振り返らない吾妻さんが、唯一手放せないのがその鉢植えですか？

吾妻「はい。ずっと一緒に演劇をやってきた親友が、引っ越しの前日にくれたんです。顔を見たら別れがたくなると思ったのか、インターフォンが鳴って、出たらだれもいなくて。これだけが玄関先に置いてあったのですが、すぐに彼女だとわかりました」
高遠「それ、金のなる木ですよね？　花が咲く品種は少ないし、咲かせるには時間がかかると聞いたことがあります」
吾妻「そう、いろいろ条件があるみたい。よく知ってるね」
高遠「母親が植物好きなんです。きっと、大事に育てられたからきれいに咲いたんですね。いい話！　汚いビラを持ってきたのが恥ずかしい。これモザイクかけてくださいね（笑）」
吾妻「いやいや！　ネガティブな感情とまっすぐ向き合って自分の糧にできるのは、高遠くんがそれだけ誠実に生きてきた証拠だと思うよ」
高遠「でも……僕なら夢を叶えるために泣く泣く上京するとき、仲間が顔も見せずに金のなる木だけ残していったら複雑かな。なんか『金が欲しくて絆もプライドも捨てるんだろ？』って、突き放された感じがしそう」
ごはんを嚙んでいた口が止まった。
丸飲みにするには少し大きいそれが、ぼそぼそと喉につっかえながら落ちていく。その息苦しさと、見知らぬ若者にいきなり核心を突かれた息の止まるような衝撃を同時に感じつつ、おそるおそる次の行に視線を移した。
吾妻「（爆笑）」
高遠「すみません！　僕自身、地下アイドルをやめてオーディションを受けると決めたとき……具体的にだれから、とかじゃなく、風当たりを感じたので。そういう、知らないうちに受ける悪意って、自覚がなくても少しずつ魂を削るじゃないですか。吾妻さんのお友達は、きっとそんなつもりはなかったと思うけど」
吾妻「うん。それに、そんなつもりだったとしても、まあいいかなあ、って」
高遠「え？」
続きを読む前に、私も彼とまったく同じ声をひとりで発していた。
吾妻「高遠くんが本音を話してくれたから、私も正直になると……さっき、この鉢植えが大事にされていたって言ってくれたけど、そうでもないの。上京した当初は目に入るたび、自分が抱えきれずに置いてきたものを突きつけられている気がした。後ろめたくて、ほとんどベランダに放っておいたの。そしたら、最近になって花が咲いて……ネットで調べてみたら、金のなる木をうまく育てるコツは、面倒を見すぎないことなんだって（笑）」
高遠「へえ……」
吾妻「それを見て、突然、いろんなことを受け入れられる気がしたの。醜い感情を持ったり、人に悪意をぶつけられたりしても、そこにふと花が咲くこともある。高遠くんがそのビラで自分を奮い立たせたみたいに。それなら、いったん拒否しないでおこうと思った」

高遠「なにをされても許すっていうことですか？」

吾妻「それはさすがに無理！　ただ……幸運はどこから訪れるかわからない。でも、受け取るつもりがなければ絶対に受け取れない。だから、抱えきれないと思ったことは無理にどうこうしようとせず、いったん片隅に置いて、後から迎えに行くことがあってもいいのかなって」

顔を上げると、カーテンの隙間から、冬の遅い朝日が差し込み始めていた。

あの子供じみた嫌がらせを、ずっと後悔していた。かといって謝る勇気もなく、後ろ暗さを持て余していた。それに、なにもかもひとりで決め、大成したら過去に口をつぐむ彼女を許せないのも事実だった。だれにも相談しなかったのは、された相手を共犯にしないため。昔の話をしないのは、本人の意志だけではなく芸能人としてのブランディング。頭では理解しているつもりでも、ひとりよがりな感情は勝手に正当化された怒りに変わっていった。

本当はずっと、寂しいだけだった。

写真の中のましろが大事に抱えた鉢植えを見て、ずっと片隅に置いていたその事実を、私もようやく迎えに行ける気がした。年が明けたら、彼女の映画を見に行こう。いい作品だったら感想を送ろう。仮に返事が来なくても、その寂しさはいったん片隅に置こう。いまの私には、たぶん、それができる。

一月　バンクシア「心地よい孤独」

いままでずっと、年末年始の孤独から逃れるためだけに生きてきた気がする。

家族とおせちを囲むにせよ、友達と初詣（はつもうで）に行くにせよ、仕事に追われて同僚と職場から初日の出を見るにせよ、そこにはつねに、自分がコミュニティの一員として機能しているという充足感、今年も集団から外されずに過ごせたという達成感があった。もちろん、この歳まで生きていればひとりで年を越した経験もある。ただ、後からSNSに「お正月はひとりで過ごしました」と投稿して紛らわせられる程度の寂しさなど、帰る場所があるから享受できる嗜好品にすぎない。甘く度数の低いカクテルのようなそれを舐めつつ「今年は寂しいな」なんて孤独に酔うふりをしていた過去の自分を、いまの私は、無垢で愚かな愛玩犬のようだと感じていた。

「いらっしゃいませ」

薄暗い、よりもう一段階明かりを落とした空間に、穏やかな男性の声が響いた。

カウンターしかない店内に客の姿はなく、蓄音機からはボリュームを絞ったジャズピアノの演奏が流れている。店の奥の壁には新年らしく小さな注連縄が飾られているが、それ以外に季節を感じさせるものはない。現実感の乏しい空間にたじろいでいると「お好きな席にどうぞ」とまた声をかけられ、おそるおそるカウンターの端、出入口に一番近いスツールに腰を下ろした。いつでも出ていけるように、コートは脱がなかった。

「……入口の張り紙を、見たんですけど」

目の前に来たマスターらしき男性に言うと、ああ、と彼はうなずいた。色が白く細身だから青年のようにも見えるが、落ち着いた態度からして実際は三十をとうに過ぎているだろう。

「焼き鳥、お好きなんですか」

「いえ、そんなに」

正直に答えてから、じゃあなんで入ったんだよ、という相手の心の声が聞こえた気がして勝手に焦った。

「『新春記念焼き鳥サービス』と書いてあったから、もっと居酒屋っぽい、賑やかなお店なのかなと思ったんです。想像より落ち着いた感じなので驚いてしまって」

ひとりで過ごすより、騒がしい場所で知らない人に囲まれていたほうが気が紛れるかもしれないと思ったのは嘘じゃない。だが、とっさに長々と言い訳を口走ってしまったことで、これまでの自分がどれだけ人の顔色ばかりうかがってきたかを思い知らされた気がした。

「たしかに、うちには静寂や孤独を求めていらっしゃるお客様が多いかもしれません。バーという場所柄、そういう役割が期待されるんでしょうね。あらゆるしがらみを逃れてひとりになれる空間というのは、案外少ないですから」

「……選べる孤独って、贅沢品ですもんね」

思わずこぼれた台詞の意地の悪さに、たじろいだのは自分のほうだった。そうですね、という淡々とした返事を聞いて、よけいにいたたまれなくなる。

「すみません、やっぱり帰ります。お店の雰囲気を壊しちゃ申し訳ないので」

そう謝って席を立とうとしたとき、よろしければ、と穏やかに呼び止められた。

「これもご縁ということで、一本だけ、付き合っていただけませんか」

「……はい？」

「せっかく買ったので、一度くらい試してみたいんです。お代は頂きませんし、合わせるお酒も一杯サービスいたしますので」

そう言って彼が取り出したものを見て、私はちょっと目を疑った。カウンターの下から姿を現したのはトースターに似た小さな機械だが、中央に円柱状のヒーターが立っていて、それを囲むようにステンレスの串がいくつも刺さっている。実物を見たことはなかったが、なにをするためのものかは形からして一目瞭然だ。俗っぽいその佇まいは、すべてが調和した静謐なバーとはあきらかに不釣り合いだった。

「ねぎまと砂肝でいいですか」

スーパーで買った冷凍品ですが、と真顔で断られて、そういう問題じゃないんだけど、と内心反論しつつ座り直してしまった。続けてお酒の好みを訊かれ、すぐ答えられるほど自分の嗜好を気にしたことがないとあらためて思い知る。お酒に強くはないが甘すぎるのは気分じゃない、飲みやすくて、でもほどよく酔えるもの、と我ながら曖昧なリクエストを出すと、彼はうなずいて作業を開始した。

カウンターの中央で、家庭用の焼き鳥機が音を立てて回る。そこに、氷のぶつかる音やレコードのしっとりとした音楽が重なる。情報量が多すぎて脳が混乱して、どんな態度をとればいいのかわからない。なんとなく周囲を見回していると、それまでただの注連縄と思っていた壁際のものに目が留まった。

「お正月にたわしを飾るのって、なにか縁起がいいんですか？」

リキュールの瓶を見比べていたマスターは怪訝な顔で振り向くと、こちらの視線の先を辿り、ああ、と納得したように答えた。

「あれはバンクシアといって、オーストラリア原産のワイルドフラワーです」

「花なんですか？　あれ」

注連縄の中央にぶらさがったものを、私は着色されたたわしと勘違いしていた。赤面する私を後目にマスターは、何千もの小さな花が円柱状に連なって、ああして穂のような形になっているらしいです、と説明してくれる。

「お客様には外界を忘れていただきたいので、いつもは季節感があるものをあまり置かないようにしているんですけど。カクテルに使う花を探しに行った店であれを見つけて、つい、買ってしまったんです。華やかな正月飾りにみんな注目する中、隅のほうにひっそり佇んでいるのが逆に目を惹いて」

「……変なものを買うのが好きなんですね」

回りつづける焼き鳥を見ながら思わずつぶやくと、そうかもしれない、と笑いを含んだ声が返ってきた。

「昔から、人でも物でも、居心地悪そうにしているのを見ると放っておけなくて。つい、自分のまわりに集めてしまうんですよね。その焼き鳥機もじつは、家電量販店にずっと置かれていた在庫処分品だったんです。正直、焼き鳥自体は家で食べるほど好きでもないんですけど」

マスターはそう言いつつ、身を乗り出して機械を覗き込む。少年のように好奇心に満ちたその横顔を見ていると、ひとりでにこぼれる言葉を止められなくなった。

「かわいそうだから、集めるんですか？」

「え？」

「だれにも選ばれない、求められない、かわいそうで物珍しい存在に同情するから、自分がなんとかしてやろうって思うんですか？」

ずいぶん、傲慢なんですね。

その一言をどうにか飲み込み、だけどマスターの返事を確かめる勇気はなくて、そのままスツールから勢いをつけて立ち上がる。その矢先にドアが音を立てて開き、冬の深夜の冷気とぬるい酒気が外から流れ込んできた。

「うわー、ほんとに焼き鳥やってる！」

「あれっ、お姉さんもう帰っちゃうの？」

怯んで立ちすくんでしまった私に、連れ立って入ってきた酔っ払いたちは目を留めたらしかった。自分たちの体で通路をふさぎながら、うつむかせたこちらの顔を無遠慮に覗き込んでくる。

「俺たち、始発までここで飲み直すからさ、それまで付き合ってくれない？」

「新年早々ひとりなんて、寂しいじゃない。ちょっとお話ししようよー」

生あたたかい手が、押し戻すように肩に触れてきた。寒気を感じつつ、すみません、と断ろうとするが言葉にならない。いい歳をして酔っ払いをあしらうこともできない自分を不甲斐なく思いつつ、ひとまず従うしかないかとあきらめかけたとき、すみませんが、と氷のように硬い声が響いた。

「当店は本日、貸し切り営業なんです」

口調こそ丁寧だったが、その響きはけんもほろろで、目の前のマスターが発したものとは一瞬わからなかった。

「だって入口に張り紙があっただろ」

「申し訳ありません、剝がすのを失念して」

「貸し切りったって、ガラガラなんだし一杯くらいかまわないだろうが」

「だからこそ、です」

小さなバーに響いたその声は、まるで勅令（ちょくれい）を告げる国王のように厳然としていた。

「おひとりだからこそ、ここでは穏やかな時間を過ごしていただきたいので」

酔っ払いたちはしばらく粘っていたが、やがて興ざめしたように「客商売のくせにお高く止まってんじゃねーよ！」と捨て台詞を吐き、来たときと同様に騒がしく去っていった。声が遠ざかって聞こえなくなるのを確かめてから、マスターは一瞬外に出て、ペンで「新春記念焼き鳥サービス」と書かれただけの紙――私や彼らが目にした張り紙を、実際にドアから剝がしてカウンターの中へと戻る。それから、まるでさっきまでの冷淡さが幻だったような丁重な態度でこちらに会釈した。

「お騒がせして失礼いたしました」

「……こっちこそ、すみません」

「お気になさらず、私は慣れていますから。場所柄あそこまで賑やかなのは珍しいですが、まあ、新年で浮かれていたんでしょうね」

何事もなかったようにカクテルづくりを再開する彼の横顔を、私は席に戻ることも出ていくこともできないまま、バーの狭い通路に立ち尽くして眺めていた。

「さっき、お客様がおっしゃったことですが」

顔が熱くなる。あんなものは、自分の寂しさに酔った末に飛び出した八つ当たりだ。酒に酔って無礼な態度をとる男たちと大差ない。ごめんなさい、と頭を下げようとする私を後目に、マスターはなんでもない顔で続けた。

「逆だと思います」

「え？」

「私のほうが、慰められるんです。目立たなくても、たまたま運命に選ばれなかったとしても、たしかな美しさや個性を持ちながら、ただそこに在るものを見つけると。見つかってくれてありがとう、と思う。だから、そういうものにこそ、出合えたら逃したくない」

僕だって、目についた見切り品を全部買うわけじゃないです、破産しちゃいますから。そう笑いながら、彼は私が座っていた席の前にコースターを置き、その上にショートグラスを重ねた。行き場を失っていた足が自然と動く。気がつけば吸い寄せられるように席に戻り、黒く泡立つ液体を手に取っていた。

「オーストラリア産のコーヒーリキュールを使った、エスプレッソマティーニです」

「オーストラリアですか?」

「あの花が、オーストラリアから来たので」

そう言って彼がバンクシアに注ぐ視線は、たしかに、憐れんだり同情したりするものではなかった。相手への畏敬と、それを守るものとしての誇りがうかがえるまなざしだった。

苦くて芳醇なコーヒーのカクテルを少しずつ味わううちに、今度はしだいに濃くなる焼き鳥の香りが気になってお腹が空いてきた。ちょうどそのタイミングでねぎまと砂肝が一本ずつ、お好みで、と皿の端に七味を添えて差し出される。コーヒーと焼き鳥、オーストラリアから来た花の注連縄。みんなが行く王道から外れて、いつのまにか変な場所に来てしまったな、と思う。

「変な組み合わせだけど、悪くないですね」

変だけど、ずっと怯えていたほどには怖い場所ではないかもしれない、とも。

このバーを出て、ひとりぼっちの日常がまた戻ってきたとしても、しばらくは背筋を伸ばしていられそうな気がした。マスターは焼き鳥機から串を取り、買い食いをする中学生のように直接かじりつつ、でも、家ではやっぱり食べないかなあ、と首をひねっている。

二月　水仙「自己愛」

読むことや書くことに迷ったら、言葉との付き合い方を変える。文芸部の前部長である石川ひかる先輩が言ったことだ。たとえばスマホの液晶画面で飽きるほど読んだ文章でも、紙に印刷されたものを青空の下で読み直すと違う印象になったり、新しい解釈が生まれたりする。人間と同じように、言葉も、接し方を変えれば違う側面を見せてくれることがある。

——だから私は、よくわかんないなあって思う作品があったら、あえて気になる部分を何度も朗読することにしてるよ。

彼女がそう答えたのは、どうしたら石川先輩みたく国語が得意になれますか、という、後輩部員のバカっぽい質問に対してだった。

——そうすると、わかんない文章でもわかるようになるんですか？

——いや、わかんないままのことのほうが多い。でも、わかんないってことにとことん向き合うと、なんかすっきりするんだよね。私にはわかんないけど、これはこれでいいんだろうなあって苦手意識が薄れるというか。

——それ、答えになってないですよ！

後輩がすねてみせると、話を聞いていた他の部員たちが笑った。ごめんってー、と石川先輩も一緒に笑っていて、その無邪気さに、私は内心の衝撃を押し隠すので精一杯だった。先輩が自分の才能のルーツを、その価値を半分だって理解できているか疑わしいような相手に向かって、ただの雑談であっさりと打ち明けてしまったことが信じられなかった。

石川先輩の小説が文芸誌の新人賞で佳作を獲ったのは、その会話から二ヶ月後、冬休みに入る直前だった。おかげでうちの高校は、いまだに突然現れた「天才文学少女」の話題で持ち切りだ。文芸部のみんなも顧問の安倍先生も喜んで、ふだん静かな部室では、もう春休みも目前なのにお祭り騒ぎが続いている。

小説の新人賞は、最終候補に残った時点で編集部から電話が来るらしい。つまり、平気な顔で「文章との付き合い方」を語ってみせたときにはもう、彼女はその事実を知っていたのだ。自分はただ「自分は特別だ」と思いたい一心で文学好きを名乗る他の部員たちとは違う、本当に特別な存在だと理解していた。

私には、その態度がひどく鼻持ちならないものに思えた。

真冬にもかかわらず風の音すらしない、静かな踊り場に私の声が反響する。

「――『水仙の絵は、断じて、つまらない絵ではなかった。美事だった。なぜそれを僕が引き裂いたのか』……」

「――『それは読者の推量にまかせる』」

　プリントから顔を上げ、声のした方向を見る。非常階段の下のほうから、文芸部の副顧問である後藤先生がひょこりと顔を覗かせた。

「うわっ、後藤先生じゃないですか」

「うわっ、とはなんですか、失礼な」

　しかめっ面とは裏腹な含み笑いを声に滲ませながら、先生が階段を上ってくる。

「部室の大掃除、他のみんなに押しつけてサボったのがバレたと思って」

「……『そうか、そうか、つまり君はそんなやつなんだな』」

　芝居がかった口調に、思わず笑う。中学の国語の教科書に載っていた、ドイツの有名な短編小説からの引用だとすぐにわかった。

　去年、後藤先生が顧問から副顧問になり、その後任として若くてイケメンの安倍先生がおもに私たちを受け持つことになったとき、他の女子部員たちが浮かれる中、私はがっかりしていた。文芸部に入ったばかりのころ、大事なミーティングに遅刻した生徒に後藤先生が「待ちすぎて百合(ゆり)が咲くかと思ったよ」と言ってきょとんとさせるのを見て以来、彼女には一目置いていたのだ。それまで、私の周囲には漱石なんか授業以外で読みたくもないとでも言いたげな子ばかりだったし、教師でさえ文学が好きというより「本を読めば頭がよくなる」という根拠もない実利面を主張する人しかいなかった。しかも引用元は私がいちばん好きな『夢十夜』。へえ、と思った。この人、悪くないセンスしてるじゃん。

「先生、よくここがわかりましたね」

「部室を見に行く途中、声がした気がして。この寒いのに外でサボりとは大胆じゃない」

「建物の陰だから風が遮られるし、この時間は日も当たるから案外快適ですよ」

「詳しいということは初犯じゃなさそうね。部長になったばかりなのに、さっそくそんな不真面目な態度でいいの？　三好さん」

「いいんです、どうせ押しつけられただけだし、石川先輩の栄光は越えられないから。私はしたいようにします」

「まあ、マイペースなのはいいことだけど」

踊り場に着いた後藤先生は、手すりにもたれて私が読んでいたプリントを見下ろした。

「『水仙』、懐かしいな。石川さんが太宰の作品でいちばん好きって言ってたよね」

「はい。引退前の最後の読書会で、どうしてもやりたいって先輩から頼まれたんです。教科書にも載るような作品だし、いまさらみんなで読まなくてもって私は言ったんですけど、安倍先生が『教材としてではなく、楽しんで読むことでまた違うものが見えてくるかもしれないね』って許可しちゃって」

「安倍先生も真面目ねえ」

「石川先輩に甘いだけじゃないですか？」

そう？　ととぼけながら「私もまた読んでみていい？」と手を差し出す後藤先生に、私はうなずいてプリントを渡した。

文芸部では週に一度、部員が選んだ詩や小説をみんなで読み、意見を交換する読書会が開かれる。太宰治の短編である「水仙」を扱ったその日、議論のテーマはほぼ一点に集中した。物語は作家の主人公が、自分にかつて屈辱を与えたある女性の描いた水仙の絵を、素晴らしいと認めつつ破る場面で終わる。彼は理由を「読者の推量にまかせる」と言う。作者の手の内にはまったように、読書会ではみんながそこに注目した。

「後藤先生は、どう思います？　主人公が、静子夫人の描いた水仙の絵を破った理由」

「そうねえ……三好さんはどう思うの？」

「あ、ずるい。それ、質問返しですよ」

「私に訊くってことはもう自分の意見があって、でも、本当にそれでいいのか迷ってるんでしょ」

ずるい、とまた思ったけど、今度は追及しないでおいた。そのとおりだった。

「……嫉妬でしかない、って思いました」

後藤先生が、小さくひとつうなずいた。

「主人公の作家は、自分が俗物だと自覚していました。だから、嫌っていた相手が本物の天才だってわかって悔しかったんだなって。しかもその作家、太宰自身がモデルですよね？　自己愛の塊みたいな人じゃないですか。自分をバカにした女性から『本当はあなたのようになりたかった』って手紙が来るくだりも、そう思うと都合がよすぎて気持ち悪い。ただの嫉妬を、かっこつけて正当化しているだけでしょうって、言ったら……」

「言ったら？」

「安倍先生が『石川はどう思う？』って」

自然と責めるような口調になったけど、後藤先生は慎重に黙ったまま目で続きを促した。

「石川先輩は……『たとえ俗物でも、芸術を愛する人間なら、自分が素晴らしいと感じた作品を台無しにするのは苦しい。だから、ただの嫉妬じゃできない。彼なりに真剣に、この女性のことを想っていたんじゃないか』って」

「なるほど。石川さんらしい解釈だね」

あの子は読み手も書き手も、小説が好きな人を全員信じてるから、と笑う後藤先生から、私はとっさに目を逸らした。

「……これが格の違いか、と思いました」

「え?」

「石川先輩はきっと、自分が本物の天才だから、平気で人の才能も認められるんです。私は……自分より才能に恵まれた人が近くにいるだけで、嫉妬で気が狂いそうなのに」

子供のころから、本だけが私の友達で、教師で、恋人だった。私が世界でいちばん小説のことを愛している、と本気で信じていた。そして気がつけばそれは、私も小説からいちばんに愛されて然るべき、に変わっていた。

いつしか、小説を愛することより、小説を愛する私でいることに執着していた。そうでないと生きる意味を見失いそうだった。自分は特別、という自意識を隠さない文芸部の子たちを嫌って距離を置いていたのは、私自身がいちばん「自分は特別」という思い込みにすがっていることをわかっていたからだ。

「私が太宰を好きになれないのは、自分を見ているみたいだからかもしれません。

嫉妬深くて、そのくせなんにも行動せずにかっこつけて言い訳ばかりして、本当は自分がかわいいだけの、自己愛の塊だから」

「それでおもしろいものが生まれるなら、べつにいいんじゃないの」

後藤先生の口調は教師というより、ただの本好きの友達みたいにあっさりとしていた。

「嫉妬って、生理現象でしょ。水を飲んだらトイレに行きたくなるのと同じで」

「……でも、石川先輩は」

「もちろん、なにを見てどう感じるかは、ある程度、生まれつきの個体差が出ると思う。身長や肌の色と一緒。だから人より嫉妬深くても、それ自体は恥ずかしいことじゃない。それをどう捌（さば）くかに、後天的に培（つちか）えるセンスが出るんじゃないかな」

「後天的に、培える、センス、ですか？」

「三好さんは、石川さんに嫉妬しているね」

　いきなり核心を突かれて、言葉を失った。

「でも、その嫉妬を陰口を叩いたり足を引っ張ったりすることじゃなくて、彼女の考えを理解するために使っている。それって、私は人としてすごくセンスがあると思う」

「……後藤先生、気づいていたんですか？」

――だから私は、よくわかんないなあって思う作品があったら、あえて気になる部分を何度も朗読することにしてるよ。

「石川さんも、受賞した作品を書いているとき、行き詰まったらよく自分の原稿を音読してた。何度も何度も、開かないドアを叩きつづけるみたいに」

私は後藤先生が言うほど「センスがある」人間じゃない。水仙の絵を破った作家の動機が嫉妬だと思ったのは、自分が彼の立場ならそれくらいやりかねないと知っていたからだ。石川先輩や彼女の作品を悪く言わなかったのは、先輩が賞を獲った後、それをしていた他の部員を見てダサいと感じ、同類になりたくなかったから。先輩の考えを理解したいのは、ほら私にだってわかるじゃない、とドヤ顔をしたいから。全然、センスが感じられない。

「水仙の花言葉は『自己愛』だけど」

「はい。ナルキッソスが由来ですよね」

たとえ文学に疎くても、そのギリシャ神話を知っている人は多いだろう。泉に映る美しい自分の顔に見惚れ、手を伸ばした末に落ちて死んだ自己愛の象徴。

「ナルキッソスの前に彼を越えるイケメンが現れたら、彼はどうしたと思う?」

「……嫉妬に狂って、相手を殺そうとするんじゃないでしょうか。自分が世界一の美形じゃないという事実が認められなくて」

「なるほど。石川さんはね、同じ質問をしたとき、どうもしない、って言ってた。自分が世界一と信じて疑わない、他人のことが目に入らない、それこそが彼の呪いだから、って」

「どっちにしろ、しょうもない男ですね」

あきれて言うと、後藤先生は吹き出した。

「どっちにしろ、かわいげはあるけどねえ」

だんだん日が傾いて、建物の影が非常階段の上まで落ちてきた。そろそろ部室に戻って大掃除を手伝おう。終わったら、窓際のあたりに水仙を飾るのもいいだろう。あの場所で石川先輩が見た景色を、彼女の好きな小説に出てくる花越しに、少しは私も垣間(かいま)見られるかもしれない。その上でどう行動するかは、きっと「センス」次第だ。

三月　クリスマスローズ「追憶」

合格を知ってまず、真砂に報告したい、と思った。久々に連絡し、許しを乞い、友人としてやり直してもらうタイミングは、私にもやればできる、という自信をわずかなりとも取り戻せたいま、この瞬間しかない。そう思っていたはずなのに、スマホを操る指は勝手に夫の連絡先を選択していた。物心ついたときから服従に慣れた頭は、自分の身に起きた重要事項はまず養ってくれる「主人」に報告するべきであり、怠るのは道義に反すると、深く考えるより先に本能的に判断していた。

『介護福祉士国家試験、合格しました』

『給料は上がるのか？』

『職場にはこれから報告するのでわかりません。待遇は多少よくなると思います』

『だれでも取れる資格だし、歳も歳だから期待しないほうがいい。勉強の時間が必要なくなるのだから、今後は家事に力を入れ直すように』

予想はついていた反応にもかかわらず、さっきまで感じていた自信がかさぶたのようにあっけなく削ぎ落とされていくのがわかった。

介護福祉士の合格率が高く見えるのは、そもそも実務経験が必須条件で受験者の数自体が多くないからだ。だが夫にとっては実際に介護施設で働く私の意見より、スマホで少し見ただけの「合格率七十パーセント」という数字と、簡単な資格だ、五十過ぎのおばさんがこんなものを取ってなんになる、という自分の感想が絶対らしい。夫と話していると、私自身もそんな気がしてくる。私の考えはすべて狭い世界しか知らないがゆえのひとりよがりで、社会的地位を持ち、家族を養う彼の見解こそが正当だと。親に、教師に、かつての恋人に、どんどん夫に態度が似てくる息子に、弱い私を生かしてくれたすべての人たちに、そう感じてきたように。

夫とのやりとりを経た後だと、職場に合格を報告した際に同僚たちから受けた「おめでとう」や「ずっと勉強がんばってたもんね」といった祝福の言葉は、ただ紙やすりかなにかのようにざりざりと心の表面を通り過ぎていくばかりだった。褒められ、求められることを渇望していたのに、いざとなるとそんなふうに労われる価値が自分にあるとは到底思えなかった。ただ、報告の翌日、朝のミーティング終わりにサプライズで所長から花束を渡されたときだけは、きつく握った砂のように乾いていた心がかすかにほどけて震えた。

「寒芍薬(かんしゃくやく)……」

「立野(たての)さん、渋い名前を知ってるね。クリスマスローズと呼ぶのが一般的なはずだけど、もしかしてお華かお茶でもやってた？」

答えに窮(きゅう)していると、他の職員から「その花、所長が選んだんですよね。いまクリスマスですか？」と質問が飛んで話が逸れた。

「名前と違って、実際に咲くのは春のはじめだよ。あとはほら、花びらに似たがくが五枚あるでしょう。五のがく、と、ゴウカク、の語呂合わせがある縁起のいい花だから、この先ますますステップアップしていけますようにってことで」

「うわー、こんなときまでオヤジギャグかよ！」

息子より若い同僚が野次を飛ばし、どっと笑い声が上がる。べつにいいだろー、とまんざらでもなさそうに返す所長は、私より年上である夫と同世代だ。夫は私から伝え聞いただけの彼の存在をなぜか軽侮(けいぶ)していて、気安いだけがとりえの上司を「いい人」とは言わない、無能を目下の者におもねることでごまかしていると酷評する。まるで、私に関係する人の美徳を認めることは、自分の存在価値を損ねることだと言わんばかりに。

おまえは世間知らずだから、少し甘い態度をとられたらすぐ、自分が大事にされていると勘違いする。無責任に親切にするのは簡単だ。俺は現に苦労して稼いだ金でおまえたちを食わせてやっているし、おまえのような女が一歩外に出たらどんな扱いを受けるか、耳が痛くても真実を啓蒙してやっている。どっちが本当の優しさか、わかるだろう?

そうですね、と無感情に答えたそのときの自分を、いまは他人よりも遠い存在に感じる。

私のために験を担いでクリスマスローズを選んでくれた人は、もうひとりいた。正確に言えば、自分の娘のついでに、だけれど。

「寒芍薬は、学問をされる方にとって縁起のいい花です。真砂も優里さんももうすぐ高校受験だから、努力の成果が出ますように」

真砂のお母さんである橘先生は長年自宅で茶道教室を開いていて、当時から近所で一目置かれる人物だった。真砂も、私と小学校で出会ったときにはもう、大人にまざって彼女に稽古をつけてもらっていた。

私がたまに両親から叩かれている(父には拳、母には定規で)といつからか察した真砂は、勉強を教えるという名目で私を頻繁に家に招くのみならず、一緒に茶道を習おうと誘い、いまでも魔法のようだと思うが、実際に私の家族と話をつけさえした。頭も育ちも見栄えもよく、将来有望な真砂を私の両親は自分の娘よりも信頼していて、彼女はその勝手な信頼を大人に気に入られるためではなく、私を守るためだけに最大限に利用した。

橘先生も、私のことを受け入れてくれた。珍しい花、上品なお菓子、季節の移り変わりといった、ふだんは気づく余裕もないようなものを楽しむ感性も、あのころに教わり培ったものだ。要領の悪い私はなかなか基本の作法を覚えられず、粗相も人一倍多かったが、自宅では怒号が飛ぶような失敗も「茶の道の前ではみな初心者ですよ」と先生は笑って許してくれた。厳しく指導される大人のお弟子さんたちや、実の娘だからこそ一挙一動に細かく注意を受ける真砂よりも甘やかされ、特別扱いされているかのように感じられたほどだ。

茶室の一輪挿しに飾られた、慎ましくも凜としたクリスマスローズに見送られて、私と真砂は同じ進学校を受験した。そして、真砂だけが合格した。合格発表の掲示板の前では真砂が「優里だってずっとがんばってたのに」と悔しがって泣き、私が「一緒の高校に行けなくてごめんね」と彼女を慰めていたから、傍目にはどっちが合格したのかわからなかっただろう。

現実には、問題はそれだけで済まなかった。週末の茶道教室を「美人じゃないから花嫁修業くらいしておくといい」と許容していた家族も、私が成長するにつれ「遊びはやめどきだ」と難色を示すようになっていて、その不満は私が受験に失敗したことで「役に立たない習い事で勉強をおろそかにした」と決定的になった。義務教育中であることを理由に半額免除されていた月謝が上がることも手伝い、私は中学を卒業してほどなく教室を辞めざるを得なくなった。

「なんで？　お母さんが優里の家族に話してくれれば、もしかしたらなんとかなるかもしれないのに」

最後の稽古の終わり、お手洗いを借りて水屋に戻ろうとしたタイミングで、襖の向こうにいる真砂がそんなふうに言うのが聞こえた。

「お母さんも気づいてるでしょ。優里、家でひどい扱いを受けてるみたい。話すのが無理なら、せめて月謝を免除してあげるとか」

真砂、と先生は溜息まじりに遮った。

「おまえは私の教室を、無償の駆け込み寺だとでも思っているの」

稽古中、先生は真砂にとりわけ厳しく接していたが、あんな冷たい声を向けたことは少なくとも私の前では一度もなかった。

「お稽古はボランティアじゃないの。いまのお月謝でも続けるのが精一杯。それにひとりだけ免除となれば、他の生徒さんは当然、理由を知りたがる。あの子が好奇の目に晒されたら、おまえに責任がとれるの」

「でも、だからって放っておくなんて」

「例外を作れば、どんな集団もかならず崩壊する。この教室を彼女ひとりのために潰すことはできません」

「優里はどうなるの？　家を出る理由がなくなって、なにがあってもいいの」

「私が彼女にできることは、茶の道を教えること。そこから彼女がなにを学ぶか、なにも学ばないか、そこまでは責任を負えない」

「それがいまなんの役に立つの、他にもっとするべきことがあるでしょう」

「私をなんだと思っているの？　おまえも驕らないで。そういう仕事がしたければ、最初から教師か看護婦にでもなります。無責任に手を差し伸べて、後から『無理だった』と引っ込めるのがいちばん残酷なの。自分自身を救う気のない人間を、赤の他人が救うことなどできません。たとえだれであっても」

「……そうやって大人がみんな見て見ぬふりをするから、優里みたいに不幸な子がいつまでもいなくならないんじゃない！」

自分でも意外だったが、ずっと優しかった先生の冷淡な態度よりも、真砂から「不幸な子」と呼ばれたことのほうに、私は心臓が割れるような痛みと屈辱を覚えていた。

「あれ？　持って帰らなかったんだ、花束」

朝、早めに出勤して事務室の掃除をしていると、あくびまじりに入ってきた所長が私の机に置かれた花瓶を目ざとく指さした。ええまあ、と言葉を濁す。家に飾ればば夫の目に留まると思うと、なにを言われるのか憂鬱(ゆううつ)でとてもそんな気持ちになれなかった。

「いちばん大事にできる場所に置いておきたいので、ここに飾ることにしました」

「そう、そんなに喜んでくれてなにより」

「昔、受験の前にクリスマスローズを飾ってもらったんですけど、そのときは失敗したんです。せっかく願ってもらった気持ちを無駄にしてしまったので、今回はそうならなくてよかった」

「いや？　努力した過程は無駄にならない、なんて言うときれいごとっぽいけど、少なくとも飾ってくれた人はそう思っていたんじゃないの」

「でもこれ、合格祈願の花なんですよね」

「それが有名だけど、もう一個語呂合わせがあるよ。がくが花びらみたいに散らないから、学問の学とかけて『学が落ちない』。学んだ経験は無駄にならないという励ましともとれる。それをいつ、どう生かすかは人によるけど」

はざーす、ともう原形を留めていない若い職員の声が響き、所長は「挨拶くらいちゃんとせーい」とそちらに向かう。漫才のような掛け合いを聞きながら私は自分の席に戻り、新たな意味を持った花をあらためて眺めた。

　茶道教室に行けなくなった後も、真砂は友達でいてくれた。いや、なにもできなかった自分に負い目を感じたせいか、よりいっそう優しくなった。その間に私は様々な男性と交際しては捨てられ、結婚後は育児と介護をし、一段落したところで「家に金を入れろ」と夫に仕事を斡旋（あっせん）され、劣悪な就労環境に体を壊して退職した。家族はまともに話など聞いてくれなかったから、相談相手は真砂だけだった。

　彼女に「不幸な子」と言われたあの日からずっと、私は自分より「不幸」ではない彼女から甘い慰めを搾取することを、当然の権利のように思っていたのかもしれない。いつまでもそれを啜（すす）ってしか生き延びられないまま、自分で状況を打破するそぶりも見せない私に彼女が疲弊するのも道理だったのだ。

　――いつまで、優里が同じ場所で足踏みしながらだめになるのを見守ればいい？　私はなんのために話を聞いて心を痛めているの？　友情は無償じゃない。私は慰めの言葉が無限に湧く水道じゃない。もう、苦しいの。

　あのクリスマスローズが本当に「学びが無駄にならない」ようにと、祈りを込められたものだとしたら。あきらめと失敗の果てにようやく「自分自身を救う」ために一歩前進した私を、いつか彼女に見せたいと願うくらいはかまわないだろうか。いまさらとか、遅すぎるとか、世界中に否定されたとしても、真砂だけはきっと、そうは言わない。その希望ひとつを糧（かて）に、この先、どこまで行けるのだろう。

四月　チューリップ「愛の告白」

　今回の職場は当たりの部類だった。派遣社員にはろくに挨拶も返さなかったり、最後まで名前を覚えず一律「派遣さん」呼びで通したりする会社も多い中、契約切れで退職する私にまで送別の花を用意してくれただけ恵まれていたほうだ。そう自分に言い聞かせて、私は同じく年度末で退職した正社員の水瀬はるかに渡された花束が、自分のものより大きかったことを気にしないよう努めた。お世話になりました、と部署の人たちの前で挨拶をしたとき、彼女に向けられた拍手のほうが大きく聞こえたことも。帰っていく彼女が持っていたみんなからの餞別(せんべつ)が詰まった紙袋に、だれも知らないうちにもうひとつ、小さな花束が増えたことも。

「水瀬さんが転職のために資格とってたなんて、びっくりした。あれだけ残業してたのにいつ勉強したんだろ」

「しかも一発合格だったとか意外すぎ。インテリアコーディネーターってとるの難しいんでしょ？」

「転職先、都内のセレクトショップだって。なにからなにまでオシャレでもはやウケる」

勤務は今月いっぱいで、と告げられた日の昼休み、空いた会議室で昼食をとりつつ派遣の同僚たちが話すのを、四月以降の予定が白紙になったばかりの私は無言で聞いていた。

「人事課の田中(たなか)さんとは別れるのかなー」

ひとりがそう言うと、えっ、とみんなが色めき立った。派遣社員の人事も担当する田中さんは、独身でイケメンの出世株、かつ性格もいいという優良物件として人気があった。

「あの二人って付き合ってたの⁉」

「水瀬さんが秘書課にいるときからだから、二年くらいじゃなかった？　デートしてるの見たって人がいるし」

「え？　私、水瀬さんは秘書課で平井(ひらい)課長と不倫してたって聞いたけど。水瀬さん、よく前任者に確認するとか言って秘書課に行ってたじゃん。あれも課長に会う口実じゃないかって疑われてたよ」

「私もそれ聞いたー。だから、てっきり不倫バレして辞めるのかと思ってた」

噂というものがいかに適当かを目の当たりにしてあきれる一方で、これも水瀬さんが美人だからこそだと思うと複雑な心地でもあった。

「いや、不倫していづらくなって辞める前に資格とるのは計画的犯行すぎない？」

「慰謝料とかいろいろありそうじゃん」

「彼女にかぎってそれはない。お嬢様だもん。今日巻いてたストールもフェンディの新作」

　短い沈黙の後、水たまりを小さく蹴散らすようにだれかが溜息をついた。

「存在がずるいわ、水瀬さんって。美人で、実家が金持ちで、好きな仕事に転職までできて。ああいう人がいると真面目にやるのがばからしくなる」

「ねー。なんか大きな欠陥でもないと不公平だよ。性格悪いとか、男好きとか」

「そんな感じ、べつにしないけど」

　思わず口を挟んだ理由はふたつある。ひとつは、水瀬さんは頼み事をするときかならず「内山さん、いまお話ししてもいいですか」と名前を呼んで確認したり、私が帰省土産でばらまいたダサい地元銘菓に「おいしい！　これネットでも買えます？」なんて目を輝かせたりするような人だから。もうひとつは、秘書課の平井課長と不倫していたのが私だから。

　完璧に立ち回った自信がある。現に、目ざとく口さがない同僚たちにも悟らせなかった。面食いの課長はずっと水瀬さんと噂になっていたようだから、こちらに矛先が向かなかったのも要因だろう。にもかかわらず、延長の方向で進んでいた契約更新の話がなくなったのは、おそらく最近及び腰だった課長自身が手を回したせいだ。堂々と不倫相手だとは言えない以上、だれになにを吹き込んだのかはわからないが、会社にとっても私はその程度で切れる人材だったらしい。こちらも三十を迎え、婚活に本腰を入れたいと思っていたから、利害が一致したとも言える。

人からなんとも思われないことに対して、こっちだっていまさら、なんとも思わない。

帰っても一人暮らしの部屋に花瓶などなく、持て余した花束をグラスに挿したらバランスが崩れて倒れてしまった。このためだけに花瓶を買うのはもったいない、でも花を捨てるのは気が進まない。溜息まじりに片付けをしつつそう考えたとき、自然と頭に浮かんだのは「インテリアのことならなんでもご相談ください」と水瀬さんが配っていたショップカードの存在だった。

「内山さん、お久しぶりです！」

水瀬さんの新しい職場であるセレクトショップは、オシャレでもはやウケる、という言葉のとおり、閑静な高級住宅街の一角にあった。相変わらず美人だけど少し服やメイクの色が鮮やかになった水瀬さんに「ＬＩＮＥで聞いたとおり、花瓶以外でも使えるデザインのものを出しておきました」と棚のひとつを指さされ、そこに陳列(ちんれつ)された花瓶をいくつか手に取って眺めた。

張り切っている水瀬さんには悪いが、べつに本気で花瓶が欲しいわけでもない。むしろ、私の代わりに不倫女と思われていたらしい彼女に後ろめたくて、少しは売上に貢献(こうけん)しようか、というひとりよがりな気持ちのほうが大きかった。いまいちモチベーションが上がらず首をひねる私になにを思ったのか、水瀬さんはいったんその場を離れ、ほどなく店の奥から一輪の花を持ってきた。

「実際に花を挿してみたほうが、イメージが湧きやすいかと思って」

その鮮やかなピンクのチューリップを、私は覚えていた。部署の人から贈られた花束ではない。退職の日、水瀬さんが荷物を整理するふりをしながらそっと紙袋の奥に隠していた、小さなブーケの中央に垣間見えたのと同じものだ。

「それ、田中さんにもらったんですか」

私の質問に、彼女は露骨に目を瞠った。

「田中さん、水瀬さんをよく見てるんですね。水瀬さんの雰囲気に合ってます」

この花束がただの餞別ではなく、明確な好意を持って贈られたものだと私は一目見て気がついた。我ながら気持ち悪いと思うが、しかたない。かわいいチューリップが象徴する恋心――性欲も「都合が悪くなったらすぐ切れる」という保身も抜きにした純粋な好意など、これまでだれも私に向けてくれなかった。手に入らないからこそ、まぶしかった。

水瀬さんは深く溜息をつき、チューリップを活けようとしていた腕をだらんと下げた。

「……あ、もしかして内緒でした？　すみません、てっきり有名な話かと」

「付き合っていないんです、あの方とは。一度も」

「え？　じゃあ、デートしてたっていうのもデマだったんですね。二年くらい付き合ってるって聞いて、お似合いなんで信じちゃいました」

「デートというか、二人で会ったことがあるのは本当です……期間限定で、海外の雑貨ブランドのポップアップショップをやっているって誘われて。私は本当に雑貨が見たくて、デートのつもりはなかったんですけど」

「水瀬さんがそうだとしても、それ、相手は絶対そのつもりでしょう」

思わずあきれて言うと、水瀬さんは叱られた子犬のように目を伏せた。

「そうですよね。勘違いさせたら悪いし、誘われてもずっと断っていたんです。そうしたら、だんだんまわりから『あんないい人をかたくなに警戒するのは自意識過剰』という空気を感じるようになって。一度受けて済むならって……」

続く言葉は濁されたが、それで済まなかったのは彼女の表情から明白だった。

「大変ですね。水瀬さん、かわいいから」

話があらぬ方向に行ったことに困りつつ、どうにか絞り出した当たり障りのない返事に、水瀬さんはなぜかますますつらそうな顔をした。

「あんないい人を振るなんてもったいない、って、内山さんも思いますか」

「いや……まあ、好みは人それぞれなので」

「昔から、こういうことがあるたびに、世界中から責められているような気がしてしまうんです。いい人には恋しなきゃいけない、しないならなにか、みんな納得する理由がないといけない……恋をすることには、だれも理由を求めないのに。しないとなると、そんなにもったいなくておかしいんですかね？」

こういうことがあるたびに。つまり、もったいないほどの相手に好意を向けられたのは初めてじゃないということだ。たぶん彼女以外から言われたらマウントかと訝（いぶか）っただろうけど、いまや泣き出しそうな相手にそんな邪推を向けるのはさすがに気が咎めた。

チューリップは、と水瀬さんはつぶやく。

「オランダでは、愛される女性の象徴とされているそうです。ある若い女性が三人の男性から同時に求愛されて、だれも選べなかったから、女神に頼んで自分を花に変えてもらった。それがチューリップで、男たちはみんなで花になった彼女を一生献身的に世話したんですって」

　初めて聞くけど、いかにもありそうな話だ。どこの国、いつの時代も、モテる女は大変らしい。

「その話を知ってから、私、チューリップを見ると苦しくなるんです。だれのことも傷つけたくないなら、自分じゃなくなるしかないって言われてる気がして。だれも選ばず、だれにも選ばれず、何者にもならず、ただいるだけじゃ、なんでいけなかったのかなって」

　みんなが言っていた、不公平を埋める水瀬さんの「欠陥」にこれは該当するのだろうか。だれからも愛される彼女が、だれも愛せないらしいということ。ただ、だからと言ってかわいそうだとも思えなかった。きれいでモテてオシャレで、悩みまで、ますます愛したくなるようないじらしさで。

「私は、選びたいし選ばれたいです」

　水瀬さんが顔を上げ、手の中でかすかに揺れるチューリップに向けていた視線を私に向けた。

「そこそこかわいいとか、若くてチョロそうとか抜きにして、私だけを見てくれる相手に生涯尽くされたい。そのために物言わぬ花にならなきゃいけないなら、そうなりたい」

だれも選ばず、だれにも選ばれず、なんて、水瀬さんが私とは違い、魅力的で恵まれているからこそ抱ける贅沢な悩みかもしれない。

「でも、水瀬さんがそうじゃないからってべつにどうも思わないです。それに『恋しないともったいない』って『お酒が飲めないなんて人生損してる』とか言うのと一緒ですよね。そんなの言うほうがうざいだけで、言われた側はなんにも悪くなくないですか？」

水瀬さんが驚いたように目を丸くしたとき、ドアベルの音が店内に響き渡った。

やっほー、と挨拶しながら、花束を抱えた背の高い女性が店に入ってきた。水瀬さんはぱっと顔を輝かせて「綾！」と駆け寄っていく。

嬉しそうな様子に「まさか」と思い、すぐにその考えを否定した。人を愛さないはずの彼女の性別がどうであれ、安易に「そういう」関係と結びつけること自体がたぶん彼女を苦しめている。私は自然に足を引き、静かに立ち去る準備を始めた。

「内山さん！　紹介しますね、私の前任で同期だった北川さんです。綾、こちらが内山さん。綾が異動した後に配置替えでいらしたの」

「あ、この方が？　はじめまして、北川です。彼女に聞いてました、優しくて仕事のできる派遣の方が来てくれて、すごく助けられてるって」

いつものようにだれにも気づかれないまま消えていこうとしていた私を、二人はそんな言葉であっさりと輪の中に引きずり戻した。

ずるい、と私は内心で水瀬さんに毒づく。いない場所で褒められるなんて、存在を認めてもらえるなんて、いちばん嬉しいじゃん。そんなんだからみんなに愛されちゃうんだよ。

「はい、はるか。これ、転職祝い」

そう言って差し出された花束の中心には、鮮やかなオレンジ色のチューリップがあった。水瀬さんは歓声を上げつつそれを受け取り、どの花瓶に活けよー、と笑う。まだ自分から輪に入っていく勇気を持てない私は、せめて彼女のチューリップへの苦しい共感が少しでも明るい記憶で塗り替えられるよう、一歩引いたこの場所から祈ることにした。

五月　月桂樹「裏切り」

　いちいち職業差別と目くじらを立てる気はないが、料理研究家という肩書だけでまともに接してもらえなくなる機会はまだ多い。赤の他人から聖母のごとく無償の奉仕を求められたり、苦労せずに生きてきたんでしょ、と世間知らずの子供のように扱われたり、いずれにせよ、まっとうな社会人相手とは思えない態度を平気でとる人が後を絶たないのだ。若いころは「小娘だから」と舐められ、四十を迎えたら今度は「おばさんだから」と侮られる。勝手な先入観で他者を軽んじるような相手に、理屈は通用しない。まともに対話を試みるだけ損だと嫌でも学んできた。

「あっこ先生がバツイチだったなんて、意外ですね。料理がうまくて優しくて、僕ならこんな奥さん、絶対に手放さないけどな」

　ただ、なにも感じなくなったわけではない。

　今回の「あっこ先生直伝おもてなし料理」の企画が顔なじみの編集者から送られてきたとき、深く考えずに自宅での取材を許可したことを後悔する。いつものライターが体調不良とかで、初対面の男性ライターが急遽連れてこられた時点で嫌な予感はしたが案の定だ。褒められるのを待つ犬のような顔をしている彼を見て、さっきの台詞はお世辞のつもりらしいと悟ってますますうんざりした。

なぜ、見ず知らずの相手に「手放さない」などと言われて喜ぶ必要があるのか。そもそもその発言自体、私にも選択権があることを無視しないと出ないものではないか。だが、そんな指摘をすれば説明する前にへこへこと過剰な謝罪で逃げられた後、裏で「あっこ先生はイメージと違って怖かった、あのキャラはメディア用に作っている」などと被害者面で吹聴(ふいちょう)され、足を引っ張られるのが明白だ。だから私は、笑顔を保って「家庭より守らないといけないものが、私にはたくさんありますから。料理教室の生徒さんとか、このうちとかね」などと、嘘ではないが相手の意には決して添わない答えを返す。

「本当に、いつお邪魔しても素敵なおうちですよね。とくにベランダのハーブ。先生が手塩にかけて育てていらっしゃるのがわかります」

付き合いの長い編集者がやんわり話を逸らしてくれたので、私たちは揃ってベランダのほうに目をやった。

紹介する料理に自家製のハーブを使ったため、実際にうちで育てているハーブの写真が欲しいと提案されて、いまは若い女性カメラマンがベランダを撮影するのをみんなで待っているところだった。彼女も今回が初対面だが、寡黙で感じがいい。私のポートレートを撮るときも、ライターの「きれいに撮ってあげてねー」などというつまらない野次に愛想笑いもせず、淡々とポージングを提案してものの数分で撮影を終わらせてくれた。

「さしずめあそこは、先生の『秘密の花園』といったところですね！」

うまく言ったつもりか、またライターが褒められ待ちの顔をした。陳腐な表現で単純化されたくない、あのハーブたちは私の生命線だ。大切な商売道具であり、何度も踏みにじられてきた心を守ってくれた相棒でもある。

「そんなロマンチックなものじゃないですよ。意外と手入れが大変なんですから」

「手がかかるからこそ愛情が湧くのでは？」

どうでしょう、とにこやかに答えつつ、肯定はしない。うなずいたが最後、記事に「ベランダは私の秘密の花園」とかなんとかお寒い見出しが躍ってしまうかもしれない。私自身がそんな発言をしたと思われたら営業妨害だ。

この男にかぎらずメディアというものは、あらかじめ「真実っぽいもの」を適当に用意して、それに取材対象を後から無理やり当てはめるのが仕事らしい。無遠慮に捕まえようとしてくるその手をすり抜けつつ、正しく名と実を売り込むのはこちらの役割だ。理不尽と感じないわけではないが、表に出る人間として、私を利用しているつもりの連中を仕事のために利用し返すことを憂さ晴らしと考えることで、どうにか荒みそうな心を慰めている。

「たしか先生の作る煮込み料理には、あちらのハーブが欠かせないんですよね」

さすがにいたたまれない様子の編集者が、またさりげなく話の風向きを変えた。

「そう、ローリエが。あの小さな黄色い花が咲いている木、あれの葉を乾燥させたものです。和名で言う月桂樹ですね」

「道理でそこらの家庭料理とはわけが違うと思いました！　やっぱり料理は、そういうひと手間を惜しまないのが大事ですよねぇ」

また割り込んできた声に、粘り強い編集者もとうとう疲れたように口をつぐむ。

この男の言う「そこらの家庭料理」を彼に作ってきたのがいったいだれなのか、考えただけで暗澹とした。別のだれかを貶めないと満足に人を褒められない、こういう心の貧しい外野のせいで、私の仕事は本来届けたい相手である女性たちにたびたび疎まれてきたのだ。くれぐれも記事の確認は慎重にしよう、と気を引き締めていると、撮影を終えたカメラマンが「お待たせしました」と室内に戻ってきた。

「お疲れさまです。みなさん、よければこの後、撮影で使った料理を召し上がっていきませんか？　残ってもしょうがないですから」

「あー、僕は予定があるので遠慮します」

「すみません、私も会社でミーティングが」

ライターと編集者が口々に答えるのを聞き流し、私は「あなたはどうです？」とカメラマンに訊ねる。自分が誘われるとは思わなかったのか、えっ、と彼女は目を泳がせた。

「この後、なにかご予定がおありですか」

「私はとくに……でも、ご迷惑では？」

「全然。私もこれから昼食で、自分のついでですから。むしろ人助けだと思って。いま、うちは冷蔵庫も冷凍庫も作り置きでいっぱいだから」

「林さん、先生もこうおっしゃっていることだし、ごちそうになってもいいと思いますよ」

私の癖を知る編集者がさりげなく後押しし、彼女の表情が和らぎかけたところへライターが「あっこ先生の料理は男ウケ抜群だから、勉強させてもらいなよ」と口を挟む。私はその横槍を遮るように彼女の前に立ち、伏せられそうになった瞳を少し強引に覗き込んだ。

「勉強なんかしなくていいんですよ。あなたがおいしいと思ってくれさえすれば、それで。ね？」

彼女はキリンのように長いまつ毛をやっと上げ、おずおずと「……では、お相伴にあずかります」と古風な言い回しでうなずいた。

料理教室を訪れるのは、なにも「大切な人においしい料理を作りたい」などという幸福な理由の持ち主ばかりではない。浮気する夫の心を取り戻す釣り餌として、手料理を必要とする人。料理をしないのは女じゃない、という呪いの言葉に囚われた人。様々な相手に料理を教え、心を解きほぐそうと試行錯誤する中で、いつのまにか私には「そういう」女性がなんとなくわかるようになった。このまま帰してはいけない女性、と言うべきか。

私は「そういう」相手に出会うと、なにかと理由をつけて束の間でも引き留め、料理をふるまうのが癖になっている。もちろん、それでなにが変わるというわけでもないのはわかっている。だが、ともあれそうせずにはいられないし、それしかできないのだ。

「このラムの煮込み、すごくおいしいです」

「そう、よかった。どんどん召し上がって」

私には、料理以外の能力がない。逃げ場のない人をかくまい面倒を見ることも、専門的な助言をすることもできない。しょせん家と職場以外の居場所など、大半の人にとって人生のおまけだ。出過ぎた真似をすれば、今度はこちらの存続が危うくなる。だから、あきらかに問題のある場所に戻っていく彼女たちを、最終的には黙って見送るしかない。私にできる数少ないことの中から、わずかなりと前向きになるヒントを見つけてほしいと祈りながら。

「あの。先生がさっき受けていらしたインタビューで、私、気になっていたことがあって……」

人というのは、あたたかい料理でお腹が満たされると口がほぐれるようにできている。私と二人きりになって少し緊張気味だった彼女は、ふう、と満腹の溜息をついたついでに自然と話しかけてきた。

「私、なにか変なことを言っていましたか？」

「いいえ！　とくに、料理に興味を持ったきっかけが児童文学というのはとても共感できました。ただ……具体的にどんな本か訊かれたとき、先生が『いまぱっと浮かんだのはロアルド・ダール』と答えていらしたのが、少し意外で」

私は洗い物をしていた手を止めた。

あのライターは「ああ、チョコレート工場の。はいはい」と雑な相槌で話を終わらせたので、誌面ではそのくだりはカットされるだろう。私もだれに通じると思っていたわけでもないので、まさかここで蒸し返されるとは予想外だった。

「不勉強でお恥ずかしいのですが、私、ダールの作品って食べ物がおいしそうな印象があまりなくて。まずそうでもないけど、なんていうか……」

「……たとえば、どんな作品でしょうか」

「失礼だったらすみません！　たとえば……私が小さいころに読んで覚えているのは『おとなしい凶器』という……」

「浮気した夫を冷凍の塊肉で撲殺して、その塊肉で作った料理を警官にふるまう新妻の話ですね」

言いづらそうに下がっていた彼女の眉が、はた、と驚いたように平行になった。

「さっきのライターさん、私が作ったフォカッチャを持ち帰られましたね。うちで取れたローリエをバターと一緒に練り込んだと言ったら、ずいぶんと嬉しそうになさっていて」

急に話が変わったせいか、彼女は忙しなくまばたきをしつつ、はい、と答える。

「ローリエは、シキミという植物に葉が似ているんです。シキミはお寺や公園なんかでよく見るありふれた木ですけど、毒性が強く、間違って口にしたら命の危険もあります」

その瞬間、彼女の口がぱっかりと開いた。

「ハーブとよく似た毒のある植物って、案外身近にあるんです。気をつけないとね。うちではいろんな植物を育てているし、うっかり種子がどこかから飛んできて、たまたま紛れて育ってもわからないかもしれないから」

　彼女の視線は眼前の空になった深皿、さっきまで、まさにローリエで風味づけしたラムの煮込みがよそわれていた場所に落ちている。私は苦笑しながら「ごめんなさい」と謝罪した。

「大丈夫。私もそれをあなたと一緒に食べたでしょう？　私はだれも殺してないし、煮込みに入れたのは確実にあの木のローリエです」

「……そうですよね。たまたまローリエの隣でよく似た毒の葉っぱが育つなんて、そんなことありえないですもんね」

「でも、空想するのは自由じゃない？　私たちには、自分を傷つけるものに立ち向かう力がある。そのための武器はどこにでも転がっている。決して、ただやられるばかりの存在じゃないって」

　つまらない連中など、私がその気になれば簡単に葬り去れる。すべては私の思いのまま。そんな小さな裏切りを胸に秘めておくだけで、不思議と現実に戦う勇気が湧いてくるのだ。たとえ、それ自体は想像でも。

「先生って、意外と怖いことをおっしゃるんですね。そんな発言、世間に知られたら炎上しませんか」

「そうねえ、裏切られたと思われるかもね。でも、植物だって、人が悪いことに使うから毒になるの。そう思うことで前向きになれるなら、どんな感情も私には薬。もったいなくて捨てられませんよ」

「ローリエが毒にすり替わったと想像することが、薬になるんですか」

「あなたも試してみる？」

うちのローリエ、少し分けてあげる。効果は保証しますよ。

極上の「あっこ先生」の笑顔で誘うと、彼女は逡巡(しゅんじゅん)の後、かすかに、しかし確実にうなずいた。その瞬間、窓の外で月桂樹の可憐な黄色い花が、不謹慎(ふきんしん)な笑いをこらえて肩を震わせる少女のように風に揺れるのが見えた。

六月　紫陽花「あなたは冷たい」

　二十三年前に奈留を産んだ女性は、いまは日本を出てハワイで暮らしているという。私が夫と再婚したときにはもう、家には彼女の写真すら残っていなかった。夫の親戚をはじめ、当時を知るだれもが彼女を冷たい女だと言い、幼くして残された奈留の身を案じた。子供は環境で育ち方が変わる。産みの親からの愛情の欠如が、彼女に悪影響を与えるのではないかと。そんな心配の裏にはかならず、実の母に捨てられ、若い後妻のもとで成長する娘がどんな大人になるのかと、値踏みするようなまなざしが透けて見えた。

　普通の母子より歳が近いぶん、私は奈留と友達のように気安い関係でいることを心がけ、一方で、彼女が困ったときはつねにいちばんの味方でいた。奈留が十代で妊娠したときも、産まれた子供の発育が少し遅く見えたときも、心ない言葉や視線を向けてくる人はいたが、私はいつも奈留に寄り添い、励ましてきた。愛情の欠如など決して感じさせないように。

「橘先生、いつもありがとうございます」

「いいえ。むしろ、すみませんね。雨の中、荷物を増やしてご足労いただいて」

だから、雨の日に車で習い事の送迎をするくらい、なんの苦でもない。

「子供用の浴衣って、買うと案外高いの。それにいまから着付けを練習しておけば、夏休みに真奏奈に浴衣を着せてあげられるでしょ？」

茶道教室の橘先生と、今年四歳になる娘の真奏奈と一緒に玄関先に現れた奈留は、風呂敷包みを抱えながら嬉しそうに言う。私の再婚前からこの教室に通い、彼女を祖母のように慕う奈留には悪いが、私はこの先生のことが苦手だ。娘や孫と同居し、自宅の離れで茶道の教室を持ち、長年築いてきた人望もある。どこに出しても恥ずかしくない家庭を連綿と築いてきたに違いない彼女が自分の生徒に「奈留さんの継母は後妻だからなっていない」とでも吹聴したら、この土地ではよそ者同然だろう私の立場などすぐに危うくなる。

「真奏奈ちゃん、このお花でいーい？」

そう言って私の後ろ、庭から現れたのは、先生の孫娘の未咲さんだった。たしか三十を過ぎているはずだが、愛されて育ったお嬢様特有のあどけなさが残っている。彼女の声に反応し、奈留の後ろに隠れていた真奏奈が顔を出した。未咲さんが青い紫陽花の一枝を差し出すと、うなずいてそれを受け取る。

人見知りで、とくに知らない大人が苦手なはずの真奏奈は、なぜかこの教室にはみずからついて行きたがる。そのことを奈留は純粋に喜んでいるが、私は「一緒に留守番する?」と訊いて首を横に振られるたび、成長に安堵する反面どこかほの暗い影も感じていた。

「未咲さん、わがまま言ってすみません。紫陽花ならうちの庭にもあるのに、なんでかそれがよかったみたいで。ほら真奏奈、ちゃんとありがとーってしなさい」

「いえいえー。真奏奈ちゃん、うちの紫陽花はピンクだって言うから、土で色が変わるけど同じ花だよって教えたんです。そしたら、青いのも欲しくなったみたいで。ね?」

真奏奈はぺこりと頭を下げた後「どっちもかあいい。すき」と答えた。そうだね、選べないよねえ、と未咲さんは嬉しそうに言う。

「しのちゃん。これ、ハワイのおはな」

真奏奈は三和土(たたき)に立つ私に、青い紫陽花を妖精の杖のように掲げてみせた。戸籍上では私の孫にあたる彼女は、自分の母親を真似して私を下の名前で呼ぶ。

「あら、真奏奈ちゃん。紫陽花は日本のお花だから、ハワイにはないと思うけど?」

先生の指摘に、真奏奈は「あるもん」と不満げに言い返した。

「ばあばのえはがきにのってたもん。いつかいってみたいなって、ママいってた」

少し間を置いて、そうなんだー、と明るく反応したのは、未咲さんだけだった。

「奈留ちゃん。絵はがきって、なんのこと」

奈留は息を呑み、先生の背後に隠れるように身じろぎする。その仕草は真奏奈にそっくりだ。知らない大人の存在を嫌がり、親に庇(かば)われる子供。その発想は、ただでさえ冷静さを欠いた私の頭にたちまち血を上らせた。

「いつあの人と連絡を取ったの？」

「最近じゃないよ、もうずっと昔」

「でも、私にはそんなの一度も教えてくれなかったじゃない。ずっと隠してたってことでしょ。見つかったら処分されるとでも思った？」

いままで、こんなふうに奈留を問い詰めたことはなかった。なにも訊かずに味方でいる、むしろ彼女を責める相手を「まあまあ」となだめる立場だった。なにも訊かずに味方でいる、それだけが、正しい母親として認められる条件だと信じていた。

「まあまあ、志乃(しの)さん。きっと奈留さんも、彼女なりにいろいろ考えて……」

「先生は黙っていてください」

他人のくせに、という台詞だけはどうにか飲み込んだのは、口にした瞬間、それがまっすぐ自分に返ってくる気がしたからだ。

全身に疑問が渦巻いていた。どうして黙っていたの？　ハワイに行ってまでその人に会いたいの？　自分を捨てた相手がまだそんなに大事？　私は実の母親の代用品なの？

やっと顔を上げた奈留が「志乃さん」とつぶやく。歳の差を考えれば、無理に「ママ」と呼ばせるほうが不自然なのはわかっていた。にもかかわらず、慣れた響きが耳を刺した瞬間、止めるまもなく硬い声がこぼれ出た。

「私がいるのに、どうしてそんな冷たいことが考えられるの？」

奈留が目を見開く。その表情を見て、取り返しのつかないことを口走ったと悟った。実の母が「冷たい」と非難されてきたことや、存在自体を否定するようなその響きを、奈留がなんとも思わなかったわけがないのに。

「ごめんなさい」

先にそう言ったのは、奈留のほうだった。

「志乃さんには感謝してるし、大事にしてもらったのもわかってる。でも、それがあの人を憎む理由にならない私は、そんなにだめな娘かな。みんなに嫌われて、はじめからいなかったことにされた人が、本当はどんな人だったのか少しでも知りたいって思うのは、それだけで許されないほどの裏切りなの？」

懸命に訴えながらもじょじょに掠れていくその声を、私はなすすべもなく強まる雨に打たれるように黙って聞いていた。

「もしそうなら、冷たい娘に育ってごめん」

やっと奈留に近づこうと足を踏み出した私を、真奏奈の小さな手がどんっと押し返した。

そのまま彼女は奈留に強く抱きつき、イヤイヤと首を横に振る。真奏奈、やめなさい、と言いながらも反射的に娘を抱きしめ返し、私から庇うように背を向けてうずくまった奈留の肩を、そっと包み込んだのは橘先生だった。

「奈留さん、真奏奈ちゃんと一緒に茶室で少し休んでいきなさい。志乃さんもどうぞお上がりになって」

「……いいえ。私は失礼します。すみませんが、二人をよろしくお願いします」

そう言って、私は頭を下げるやいなや返事も待たずに玄関から飛び出す。ぬるい小雨の降る庭を駆け抜け、停めておいた車に乗ろうとしたとき、すみませーん、と場違いに平和な大声が響いた。

「傘、お忘れですよ！」

「……ああ、わざわざどうも」

ビニール傘をさした未咲さんが、もう一本の傘を持って私を追いかけてきていた。雨が降っているのに傘を忘れるなんて、と内心自虐しつつ、傘を受け取る。だが、未咲さんはなぜか茶室に戻ろうとしない。

「なにか？」

「あー……いや、なんとなく。こういうとき、ひとりにならないほうがいいかなって」

「優しいんですね」

「そういうわけじゃ、ありませんけど……」

「そういう優しさって、いいご家庭で育つと自然に学べるんですか？」

八つ当たりだとわかってはいるが、これまで気をつけてきた反動のように感じの悪い言葉が止まらない。嫌味に気づかないのか、未咲さんは「うーん」と真面目に考えている。

「……学んだというよりは、単に癖がついちゃったんだと思います。どっちもいなくならないようにって」

「いなくなる？」

「うち、昔から祖母と母がいつも揉めてて。憎み合ってるわけじゃないけど、人としては少し合わない、みたいな。そういうのってなんとなく伝わってきちゃうし、自分が片方の味方をしたらもう片方を傷つけるってことも、子供心にわかってたんです。どっちも選べないからとりあえず、いま、ひとりぼっちのほうをひとりにしないでおこうって」

　未咲さんの母親である先生の娘さんは、茶道の稽古には参加していないらしい。その意味について、私は深く考えたこともなかった。

「どっちにも同じだけ優しくすれば、どっちもいなくならないかなって。あと、べつに二人が相容れなくても、私にとってどっちも大事ってこととは関係ないし。祖母にはよく、八方美人は優しさじゃない、むしろ残酷だ、そういうところは母親似だって叱られましたけど」

「いえ、やっぱり優しいですよ。どちらかの……自分の色に染まれと強要するほうが、よほど残酷で、冷たいと思います」

　自覚がなかっただけで、私は、奈留の産みの母親よりずっと冷たい女だった。無償の愛を注いでいるふりをしながら、実際は奈留が自分の色に染まることを期待していた。家族として認められたい一心で、いつしか彼女をみずからの与えた愛情の成績表のように見ていた。そのエゴが知らぬまに奈留の負担になり、本当の母親を恋しがらせていたのかもしれない。

「私は、自分の母親に何年も会っていません。結婚したとき金の無心をされて縁を切りました。あんな女と母子だなんて、だれにも、とくに奈留に、知られたくありませんでした」

「そうだったんですか」

「奈留が、自分を捨てた実の母親がどんな人だったのか知りたいと言ったとき、驚いたんです。私はそんなふうに考えたことが一度もなかった。優しい子ですね。私とは大違い」

「いやー、どうだろう……現に志乃さんは、そのことで傷ついたんですよね？」

きっと視線を上げると、未咲さんは狼狽したように「あ、違います違います」と首を横に振る。幼気（いたいけ）な仕草に、大人の様子をうかがいながら行動することが習慣づいた、少女のころの面影が垣間見えた気がした。

「奈留さんが冷たいって意味じゃないんです。むしろわかる気がします、大事なものを全部つなぎとめておきたい気持ち。でも、優しさからくる行動でも、人を傷つけることは絶対あるから。そのことから逃げて、相手が本当はなにを考えているか知ろうともしないほうが、よっぽど冷たいと思うんです」

「……あの子がなにを考えているかなんて、もう、きっと私は教えてもらえませんよ」

「それは、まず奈留さんに訊いてみないと」

慰めでも「そんなことないです」とは言わないのは、たぶん彼女なりの誠意なのだろう。

未咲さんが離れに歩き出すと同時に、雨がいきなり強まった気がした。急いで自分の傘を開きながら見ると、未咲さんの背中が濡れている。そこで初めて、彼女のさしていた傘が私のほうに半分ずらされていたのを知った。私が下ばかり見ているあいだも、ずっと守ってくれていたらしい。

さりげない気遣いの仕方は、たしかに育った環境によって培われたものかもしれない。だが、どんな形で育とうと、彼女ならなんらかの形で優しさを花開かせたに違いない。その背中を追いながら、私は土で色が変わるという紫陽花のことを思った。真奏奈がもらった青い紫陽花、おそらく私を想ってハワイに行けなかった奈留のために欲しがったのだろうそれを、私たち家族にとってなじみ深いピンクの紫陽花の隣に飾ったら。まだ奈留は、どっちも好き、と笑顔を見せてくれるだろうか。

七月　ホウセンカ「私に触れないで」

子供のころ、自分には悪魔の血が流れていると思っていた。昔から他のみんなは「無邪気」と大人が許せる程度に自己主張を留めるすべを知っていて、あとは従順かつほがらかにふるまうことで「かわいい子」の役目をまっとうしていた。ただ自分らしくしているだけのつもりでも、嫌なものは嫌、したくないことはしないと主張しつづけるうちに、私だけが大人に「気難しい」とさじを投げられ、同世代の子から「結ちゃんはこわい」と距離を置かれるに至っていた。

「結はホウセンカね。自分でも、どんなきっかけでポンてしちゃうかわからないんだから」

幼稚園で喧嘩した私を迎えに来た帰り道、植物が好きだった母は冗談めかしてそう喩えた。赤いドレスの裾のような花を咲かせ、弾けて種を飛ばすそれは、激情を持て余す私にはかわいらしすぎてむず痒かったけれど。

両親が離婚し、母の実家で祖母と同居するようになって初めて、私はまったくかわいらしくない自分のルーツの真相を知った。制御できないほどの気の強さや神経質な性分は、紛れもなく祖母からの遺伝だったのだと。普通は気づかないような不機嫌を腹にいくつも抱え込み、少しつつかれると爆発して四方八方に火種を撒き散らす。かと言ってそっとしておくと、かまってほしがって苛立ちを募らせ、無言でプレッシャーをかけて相手を怯えさせる。つねに「触れるな」と言わんばかりに周囲をひりつかせるくせに、遠巻きにされると癇癪（かんしゃく）を起こす。だれもが自分の機嫌をとるべきだと疑わない、悪魔のような祖母。

とくに娘である母を当然のようにこき使っていた祖母が、よく都合のいい召使いを手放し、介護施設への入居を承諾したものだ。祖母の顔色ばかりうかがっていた母が、みずから決断を下したのも意外だった。ずっと悪魔に忍従する人生を送っていた彼女にとって、最初で最後の抵抗だったのかもしれない。そのころには私は実家を出ていたので詳細を知らないが、一度、母に連れられて施設へ面会に行ったことがある。第一志望の企業に内定をもらったばかりで、気が大きくなっていた。それだけで一定の地位と収入を得られる将来を約束された気がして、自分は実家にすがらないと生きられなかった母とは違う、祖母とも対等に立ち向かえるはずだと、幾重にも勘違いしていた。

私と母が訪れたとき、祖母はベッドに腰を下ろし、施設の職員の女性をひざまずかせて足にクリームを塗らせていた。私たちの姿を認めると大声で他の入居者を罵り、自分はこんな場所にいるべきではないと主張した。

「みんな爪が汚くって嫌になる。きっと水虫ね、どうせこんなところ、洗濯もまともにしていないのよ」

「そんなことないですよー。バスマットやタオルは、ちゃんとこまめに洗って交換しています」

　職員さんが指摘すると、祖母は彼女の頭を平手で叩いて「おだまりっ」と叫んだ。自分では厳格な態度のつもりかもしれないが、手も声も老いのせいで弱々しく震えている。一度離れてみれば、なぜこの人のことがあんなに怖かったのかわからなかった。哀れですらあるその光景をしらけた気持ちで眺めていると、ふと、祖母の手の先が赤く色づいているのが目に留まった。

「ネイル」

　思わずつぶやくと、入居者の横暴には慣れた様子で顔も上げなかった職員さんがこちらを振り向き、ああ、と笑った。

「ご希望の方には、ネイリストの出張訪問もお願いしているんです。いつも視界に入る手先がきれいだと、やっぱり気分がいいですから」

「きっちり高い追加料金取るくせに、恩着せがましい言い方をするんじゃないよ」

不満そうな口調と裏腹に、祖母は鼻の穴を膨らませ、こちらに見せびらかすように手を掲げた。骨張っているのにたるんでいて、シミが散っているのに先端だけが妙に鮮やかなその手は、

「気持ち悪」

感じたままを口に出すと、ずっと黙っていた母がぎょっとしたように身を引いた。

「どうせその料金もお母さんに出させたくせに、偉そうにして恥ずかしくないの」

「結」

「いい歳して似合いもしないおしゃれして」

「結、やめなさい」

「いまさらつまんない見栄を張っても、あなたなんかだれも好きにならないっていいかげん気づいたら?」

左頬に鋭い痛みが走った。娘に対してすらおどおどした態度を崩さなかった母が、私を叩いたのはそれが最初で最後だった。

橘先生に叩かれたわけじゃない。それなのに帰るよう命じられたとき、私が感じた痛みは間違いなく、あのときと同じものだった。

同じ茶道教室の生徒である中園さんが、自宅介護をしているのは知っていた。彼女と稽古が重なると、隙あらば先生の指導を止めてまで長々と愚痴を言うから憂鬱だったけど、他に言える場所がないならしかたないと理解もしていたつもりだった。それなのに、彼女がいつもどおり苦労を訴えた末に「ただ、家族ですからね。施設に預けて知らんふりなんて薄情な真似、人としてできませんよ」と言いだしたとき、胸の奥から小さな塊が転がり出て、つきつきと違和感を主張しはじめた。

先生の孫で私の友達でもある未咲が、点前をしつつちらっと中園さんを見た。うちの事情を知る彼女が物言いたげにしているのを感じ、私はつとめて冷静に自分で切り出した。

「対価を払ってプロに任せるのって、そんなに薄情でしょうか」

中園さんは横目で私を一瞥すると、これ見よがしに首を振り、すぐまた橘先生に向き直った。やれやれ、だから苦労知らずの小娘とは会話にならない、とでも言いたげに。

「若いうちは、自分のことばかり考えるのもいいけれど。やっぱりね、大人になると、どれだけ相手のために尽くせるかが人生の価値を決めますから」

祖母の行動に私が疑問を呈すると、彼女もよくこういう態度をとった。母と違って怒鳴ることでは服従させられないと悟ったのか、徹底的な黙殺で自尊心を削ぎ落とされた。

「無視するのは反論できないからですか？」

茶室にいた全員がこちらを向く。中園さんはわざとらしく猫撫で声を出してみせたけど、いつも憐れっぽく下げている眉が吊り上がるのは隠せていなかった。

「急にどうしたの、結ちゃん。嫌なことでもあったのかしら？　少し落ち着いて」

「介護は大変だと思います。でもだからって、同じ経験をしていない人が劣っているように言う権利はだれにもないはずです。人それぞれ事情はあるから絶対にそうしろとは言えませんが、少なくとも、異なる選択をした家庭が悪いような表現で嫉妬を正当化するのは卑怯です」

「なにを言っているの、べつに嫉妬なんか」

「では、なぜ自分だけが正しいような言い方をするんですか？　悲劇の主人公を演じるのは勝手ですが、そのために人を悪役にしないでください。私は茶道の稽古に来ているんです、あなたの主演舞台を見に来たんじゃない」

中園さんがしだいに言葉を失い、ついには袖で顔を覆う。それを見て湧いてきたのは、罪悪感よりも嫌悪感だった。老いて力を失ってきた祖母も、頭ごなしに人をねじ伏せられないと悟ると、こんなふうに相手をなりふりかまわず悪役に仕立てることで優位に立とうとした。

「あと、私はもう三十です。自分より格下の存在かのように刷り込むために、わざと『ちゃん』付けで呼ぶのはやめてください」

「木村さん」

　橘先生が立ち上がり、今日は帰りなさい、と静かに言った。それ自体は予想できたし、当然の注意だと思った。空気を乱したことを謝罪しようとしたとき、先生はまっすぐ私を見つめながらこう続けた。

「あなたにも思うところがあるのはわかります。ただ、意に添わないからといって自分本位に場を荒らす方を、これ以上ここにいさせることはできません」

　おばーちゃん、と抗議する未咲を目で制してから、私は衝撃でぐわんぐわんと揺れる頭をどうにか落ち着かせ、深く一礼した。

「大変、申し訳ありませんでした。いままでお世話になり、ありがとうございました」

　私を「結！」と引き留める未咲の声と、その彼女を「未咲」と引き留める先生の声を聞きながら、私は振り返らずに茶室を出た。

　帰路に着くあいだずっと、またやってしまった、と心臓がきしみつづけていた。先生の言うとおりだ。勝手な正義の種を撒くことで、私はいつもその場を台無しにしてきた。学校でも、職場でも、居場所のない私を迎えてくれた習い事の教室でさえも。私の主張が正義なら中園さんの主張だってだれかの正義なのに、彼女が苦手だという理由で取り合わなかった。徹底的な論破でやり込め、気に食わない意見を封じようとした。自分に都合の悪いものを、理不尽に黙らせてきた祖母のように。

たとえ祖母が死んでも、彼女の血は私の中で生きつづけている。一生、逃れられない。

「お帰り、結。ゼリーあるけど食べる?」

そんな私でも、娘という理由で戻ってきたら受け入れないといけない母はかわいそうだ。やっと祖母から解放されたのに、同じくらい厄介な悪魔が残っている。しかも相手が自分より若く、当面死にそうにもないなんて絶望的だ。

「あなた、ぶどうゼリー好きだったよね?」

突っ立って靴を脱ごうともしない私の顔を、母が覗き込む。怪訝そうにしつつも「どうしたの」とは訊かれないことで、たぶん未咲から連絡を受けているのだろうと察した。それに、いつもなら私が茶道教室に行った日に母が甘いものを勧めてくることはない。稽古でさんざんお茶菓子を食べるのに家でまで食べられないと、一度伝えたことがあるせいだ。考えればわかるじゃん、とまで口走った。

「おかあさん」

「うん?」

「……また、ポンてしちゃった」

母は一瞬沈黙した後、うつむいた私の頭を正面からふうわりと抱き込んだ。

「相変わらず、ホウセンカねえ」

涼やかな柔軟剤の香りを吸い込むと、目の奥がぎゅっと痛んだ。でも、こんなときばかり、まるでずっといい娘だったように甘えて泣くのは都合がよすぎる。

「先生と未咲に謝らなきゃ。中園さんにも」

「そのときには、私も一緒に行くから」

「いいよ、べつに。子供じゃあるまいし」

「私のために怒ってくれたんでしょう？」

「未咲がどう説明したか知らないけど、違うよ。単に、あの人が気に入らないから難癖(なんくせ)をつけただけ。ちっとも正しくない。昔からこうなの」

「いいの。人から見れば正しくないとしても、私が、嬉しかった。あの日、施設でおばあちゃんに怒ってくれたことも」

その瞬間、記憶が鮮明に蘇ってきた。赤く色づいた祖母の爪、母からたった一度だけ受けた頰の痛み。おそらく母は、私が怒った経緯まで含めて聞いたのだろう。そしてきっと、同じ景色を思い出した。

「……でも、お母さん」

「そうだね。結のこと、叩いちゃったよね」

優しく包んでくれていた母の腕が、ふいに強く力を帯びた。

「あの人が、きれいになった爪を見て子供みたいに笑うから。あんな親でも、最後の見栄くらい守ってあげなきゃと思ってしまったの。娘が味方をしてくれて、私の代わりに立ち向かってくれて、本当は嬉しかったくせに」

ポン。かたくなに張り詰めた実が弾け飛ぶように、とうとう嗚咽が溢れてきた。

母の手が、ゆっくりと私の震える背中をさする。

「お母さんこそ、ちっとも正しくなれなくてごめんね。許してくれる？」

返事の代わりに、母の体に腕を回し、同じだけ力を込めた。

少しも正しくも強くもなれない私たち母子は、この抱擁が解けたとたん、すぐにまた新たな火種を撒くかもしれない。でも、もっとべつの種を撒くことだってできるはずだと、いまは信じてみたかった。

八月　向日葵「あなただけを見つめる」

私の人生を照らしてくれた太陽は、分厚い雲の向こう側に消えてしまった。偶然チャンネルを合わせたオーディション番組で、数秒映っただけで私を釘付けにした天真爛漫なあの笑顔は、無事デビューを果たし、たちまち彼のグループが国民的アイドルと呼ばれるようになり、それに伴い様々なしがらみややっかみが付きまとうようになっても、三年間、一度も曇ったことなどなかったのに。

陸翔が折に触れてかけてくれる「ファンのみなさんを愛しています」という言葉があったから、軽んじられてばかりの冴えない日々にも耐えられた。家族に尽くしても感謝されず、友人たちは上から目線の指摘ばかりでろくに労ってもくれない。長年信頼を寄せていた茶道教室の先生まで、孫の友達というだけで傍若無人な小娘の肩を持つ始末だ。

「中園さんが、精一杯正しくあろうと努力なさっているのはわかります。ただね、正しさというものは、かならずしもそれ自体が正しいものではないのよ」

そんな禅問答のような言葉で、私の受けた仕打ちは煙に巻かれた。私は家族を大事にすべきという、人として当然の主張をしただけなのに。そのとき頭に浮かべていたのは自分ではなく陸翔のことだった。貧しい家庭で育ち、親に迷惑をかけないようバイトを掛け持ちしながら地下アイドルとして下積みの日々を送り、有名になっても「家族に恥ずかしい思いをさせたくない」と礼儀に人一倍気をつけている姿を見習うことが、どうして「正しいものではない」のかいまだに意味がわからない。

ただ、もちろん先生には言えなかった。息子ほどの歳のアイドルに熱を上げるなど、無理解な世間ではそれだけで笑い者にされかねない。だからこそ、少しでも彼に「恥ずかしい思いをさせない」よう分別ある行動を心がけねばならない。たとえ他のだれもわかってくれなくても、陸翔にだけはきっと私の努力は伝わる。自然とそう信じさせてくれるあの笑顔があったからこそ、私はつねに太陽を仰ぐ向日葵のように、どんなときでも背筋を伸ばしていられた。

そんな存在を、決して沈まないはずだった太陽を、たった一度彼と共演しただけの女優に汚された。芸能人にしては美女でもない、若くもない、それどころか、陸翔より十歳も年上の女に。

——王子様系アイドル・高遠陸翔、主演映画の相手役にまさかのガチ恋？ ファンには絶対見せない「年下彼氏」の秘密の素顔！

陸翔の初スキャンダルは、そんな見出しで週刊誌の一面に掲載された。吾妻ましろの主演舞台の千秋楽を観劇し、打ち上げまで行った後、寄り添って歩く姿を撮られたそうだ。写っていないだけで周囲に関係者がいた、あくまで友人だと事務所は主張したが、すぐに頭に血が上る若いファンたちはそんな言い訳では納得しない。案の定、彼女たちは半狂乱になり、当時の取材記事や本人たちのみならず関係者のSNSまで、徹底的に情報を嗅ぎ回った。

——珍しい白い向日葵を頂きました。もともと好きな花ですが、自分の名前に使われている色だからか、いつも以上に愛着が湧きます。黄色と並べて飾るのがお気に入りです。

吾妻ましろがインスタグラムにそんな投稿をしていたのは、ちょうど昨年の夏、陸翔と共演した映画の撮影中とされる時期だった。

オーディション中から陸翔の明るい笑顔をファンが向日葵に喩え、それを喜んだ彼がデビュー後に自分のメンバーカラーを黄色にしたのは有名な話だ。その写真は挑発と解釈され、清楚な印象だった吾妻ましろは一転「匂わせ女」と炎上した。ババアのくせに、ブスのくせに、腹黒に改名しろと彼女を罵るアンチもいれば、私は陸翔を信じる、と自己陶酔しつつ声高に疑惑を喧伝（けんでん）し、火に油を注ぐ頭の悪いオタクもいた。そうやって騒ぐのはたいてい十代か二十代、アイドルをなれなれしく恋愛対象として妄想に利用する「ガチ恋」勢で、ファンがこんな人ばかりだと思われたくない、と苛立ちを募らせていた矢先に陸翔がブログを更新した。

「軽率な行動で傷つけた方には謝罪します。でも、僕は記事に書かれたような後ろめたいことはしていません。どうか憶測に踊らされないでください」

陸翔らしからぬ語調の強さはむしろ、変わらない正直な気質の裏返しに思えた。本人にはっきり叱られて、血気盛んなガチ恋勢もやっと少しは落ち着くだろう。そう、すっかり安堵しながら読み進めた私は、続く文章を無防備に心の急所に受け入れてしまった。

「最後に、今回の件でたくさんのメッセージを頂きました。温かい声が大半でしたが、厳しいご意見もあったたし、それは当然です。あらためて心から謝りますし、もう一度信じてもらえるよう、ここからまた努力をします。

でも、僕はアイドルである前にひとりの人間で、自分なりに多くの選択や出会いを経て現在があります。きっとみなさんもそうだと思います。どれが欠けてもいまの僕はありません。その経験を否定する言葉をかけられたら傷つくし、本当に自分のために言ってくれているのかと、疑ってしまうのではないでしょうか?

僕は、自分がみなさんになにができるかずっと考えつづけます。強制されたからではなく、僕がそうしたいからです。だからみなさんも『僕のため』と言う前に、一度、自分自身が本当はどうしたいかを考えてみてください。だれかを傷つけるものでないかぎり、僕はその選択を尊重します。まとまらなくてごめんなさい」

私はガチ恋勢のような、恥ずかしい行為はしていない。吾妻ましろを誹謗中傷したことも、悪質なゴシップを拡散したこともない。ただ、彼女とはもう会わないほうがいいと、ブログやSNSへのメッセージを通じて何度か陸翔に助言しただけだ。三十路（みそじ）で成り上がった新人女優など、裏にどんなルーツを隠しているかわからない。軽率に交流を続ければまた醜聞（しゅうぶん）のネタにされかねない。きっぱりと関係を断つことこそが、彼のためだと思ったから。

ファンファーストを徹底していた陸翔が、初めて自分も人間だと主張した。しかも、吾妻ましろと離れるべきだという、どう考えても正しい意見に逆らうためだけに。それは、アイドルでいるより女と馴れ合うことを選ぶという、ファンへの三行半（みくだりはん）であり、アイドルとしての彼自身への死刑宣告として響いた。

「るり、そういえば今年の花はどうする？」

千佳と二人で出かけたデザートビュッフェで彼女にそう訊かれたとき、私は最後に皿に残ったマンゴープリンをようやくつつきはじめたところだった。ゼラチンがぶよぶよしていてちっともおいしくなさそうなのに、黄色が目につくと無条件に手に取るのがもはや癖づいている。上に飾られた白い生クリームをスプーンでこそげ落として皿の端に落とした瞬間は、向かいでチーズケーキを口に運ぶ千佳には見られていないようだった。

「ほら、あの子、りくろうくんだっけ。毎年、この季節になると祝花を贈っていたじゃない」

「……りくろうじゃなくて、陸翔くん」

高校の同級生である千佳は、地元の花屋で働いている。若者には見向きもされないような地味な店だが、個人経営なので要望に臨機応変に対応してくれて使い勝手がよく、値段も安い。その店で私は毎年、八月に行われる陸翔の誕生日イベントに贈るフラワースタンドを発注していた。

「そうそう。黄色がイメージカラーでしょ」

名前を忘れるのにメンバーカラーは覚えているなんて、とあきれる。だが、それくらい無関心なほうがいまは楽だ。同じ高校からの友人でも、佐和子は「高遠陸翔ねえ、ちょっと受け口じゃない？　矯正すればいいのに」などと平気で言うし、真弓は「いつもお金がないって言ってるのに、どうして同じグッズを何個も買うの？」と真顔で訊いてくる。歳のわりに美しいことを鼻にかける佐和子は、人を外見でしか判断しない。エリートで人情味の薄い真弓は、物事を損得でしか考えない。昔からそうで、なにを話してもしかたない。

　ああ、まただ。あの一件以来、物事の悪い面ばかりが目についてしまう。私はこんな人間ではなかったし、世界はこんな、灰色に曇ったつまらない場所ではなかったのに。

「今年も向日葵を中心にする？　贈るなら、いまのうちに店長に頼んでおくけど」

　その点、千佳は昔から無口でぼんやりしているが、そのぶんなにを言われても否定しない。あくまで事務確認のような彼女の態度に、ふと、悪戯心が顔を出した。

「ええ、ただ、向日葵の色は白にできる？」

「できるけど、黄色がイメージカラーの子のお祝いに白じゃ意味がないんじゃないの」

「いいの。彼、いまは黄色よりも白のほうが好きみたいだから」

「そう……ただ、白い向日葵には小振りな品種が多いから。別の花もメインに入れたほうが、より華やかになるかもしれない」

「この時期なら百合かしら。菊もいいわね」

「それは、祝花というより葬儀用の供花ね」

　指摘する声に他意がなかったことで、逆にこちらのそれが際立たされた気がし付き合いでないとわからないほどかすかに顔を曇らせた。

「お祝いの席に供花を送るって、花屋に勤めているとたまに聞く嫌がらせなの」

「……知らなかったわ」

「かわいそう」

強い非難に言葉を失っていると、千佳は淡々と「花が」と続けた。

「命を摘まれた上に、だれかの心を慰めることもなく、嫌な気持ちだけを抱かれて終わるなんて。花は自己主張をしない。言葉がないものだからこそ、丁重に扱わなくてはいけないのに」

千佳の視線から逃れるようにうつむくと、さっき皿に落とした生クリームが目に入る。スプーンの先でそれを叩き潰したら、かちんと意外に大きな音が響いた。

驚いた。千佳、そんな人だったの？　友達には興味がないくせに、花には優しいのね。私がいくら言っても、好きなアイドルの名前すら覚えてくれなかったのに。もっとも、そんな扱いにはとっくに慣れてしまったけれど。

主張をしないからこそ丁重に扱おうだなんて、私にはだれも思ってくれなかった。それでも平気だった。陸翔がいたから。彼がいつも「愛しています」と言ってくれたから。直接話せるわけではなくとも、私たちからの愛情をたしかに受け取っていることを、ずっと態度で示してくれたから。

クリームで汚れたスプーンですくったマンゴープリンの最後のひとかけは、想像どおりぶよぶよで、ちっともおいしくなかった。

「わかってるの、正しくないことくらい」

カメラで切り取られた部分しか知らない相手にすべてを捧げるなんて、どう取り繕っても正気の沙汰ではない。陸翔は天使でも太陽でもなく、仕事でアイドルをしているひとりの青年にすぎない。普通の青年が身近な女性と仕事を通じて惹かれ合うのはごくありふれたことで、凡百のファンに文句など言う筋合いはない。他人に後ろ指をさされたり、批判されたりするまでもなく、自分でわかっていた。陸翔と出会った、そもそもの初めから。

「正しさがいちばん大事なら、花屋だってこの世からなくなるべきよ。植物の命を奪って娯楽のために利用しているんだから」

千佳は自分の皿に残ったケーキを食べながら、平然と残酷なことを言う。

「るりが好きなその子も、正しくなくていいから必要としてくれる人に自分ができることをしたいって、そう思いながら仕事をしているんじゃないの。アイドルのことは、私にはわからないけど」

千佳は「るりが食べてたマンゴープリン、おいしそうだったわね」と立ち上がる。まずかったわよ、と制止しようとして言葉に詰まったのは、本当にそうだったのか、自分でもわからなくなったからだ。ビュッフェコーナーに向かう千佳を見送りながら、私は、陸翔がよく口にした「愛しています」という言葉を思い返していた。気障だとからかわれても、無責任な嘘だと陰口を言われても、彼は照れくさいほどまっすぐな言葉を、アイドルにしかできない手段でファンに届けつづけた。

また陸翔の笑顔が見たい。そのためにできることはなんだろう。彼の人生に介入しようとした図々しいおばさんが、今年も黄色い向日葵を贈ることを、彼は許してくれるだろうか。世間が許してくれなくても、彼だけは。

九月　チョコレートコスモス「恋の終わり」

「うわっ、吾妻さん宛ての花が枯れてる！」

　廊下まで響く共演者の声に、足が止まった。マネージャーが私を庇うように急いで控室に入っていく。そっと中を覗くと、みんなが囲んでいる机にはキャストの登壇準備中に届いたらしい、籠入りの楽屋花が置かれていた。

　名前が「ましろ」で仕事が役者とあって、白い花を頂く機会は多い。だが今回の場合、より目立つのは白と同じ数だけ活けられた、どす黒いほどの茶色い花弁だ。ふたつ合わせて丸を描くようにデザインされたそれは、珍しいという理由だけではない存在感を放っている。

「だれですか？　これを持ってきたのは！」

　マネージャーの怒声に場が張り詰めたとき、「あのー」と可憐な声が響いた。

「それ、たぶんべつに枯れてないっすよ」

　声色と裏腹にぶっきらぼうな口調で言ったのは、十九歳の東雲海だ。モデルとして同世代の支持を集め、今作が演技初挑戦。主人公の高校時代を演じるのが彼女だと聞いたとき、真っ先によぎったのは「あんなきれいな子が昔の私の役?」という不安だった。監督は「似ているとオーディションで満場一致だった」と譲らず、事情もあるのだろうとあきらめたが、また私は若者の鼻つまみ者になるに違いない。

「ほら、茎も花びらも元気だし、香りも」

その花が気に入ったのか無防備に近寄っていく海を、彼女のマネージャーが「海ちゃん」と小声で止め、部屋の隅に連れていった。期待の新人とあってか事務所の大人たちから手厚く保護されていて、現場でも撮影中以外は周囲を寄せつけなかったという噂は事実らしい。代わりに私がそれに近づき、茶色い花弁の中に埋もれていたメッセージカードを取り出した。

吾妻ましろ様　祝・単独初主演

映画「ダブル～天使の顔を持つ悪魔～」

「今回の作品にちなんだアレンジのために、黒っぽい花もわざわざ用意してくれたみたいですね」

「申し訳ありません！　早とちりして……」

マネージャーが恐縮(きょうしゅく)して周囲に頭を下げる姿を見て、私のほうが彼に申し訳なくなる。共演したアイドルとの熱愛疑惑が世間で騒がれて以来、世間の悪意から盾となって私を守ってくれていたのだから、私がついに直接嫌がらせを受けたのかと疑心暗鬼になっても当然だ。

「吾妻さん、最近いろいろありましたもんねえ」

その勘違いの原因となる声を上げた共演者の俳優が、こちらは悪びれた様子もなく笑う。

「で、実際どうなんです？　高遠陸翔と」

「まさか。相手はひとまわりも年下ですよ」

「若い男は年上の女性に弱いものでしょう。アイドルなんて遊ぶことしか頭になさそうだし、誘われるくらいはあったんじゃないですか」

人生の半分以上を芝居に捧げてきた私にとって、飲み込んだ感情の代わりに用意しておいた台詞を放つのは、呼吸よりも簡単な行為だった。

「撮影中にそんな余裕はありませんよ。それに、万が一相手がその気になったところで、三十過ぎて年下のアイドルに本気になるほど私が馬鹿だと思います？」

「あははは！　まあ、そりゃそうか」

劇場仕込みの豪快な笑い声が室内に響く。私と同じく舞台役者のキャリアが長い人で、芝居に関して不安はなかったが、下積みで芸能界の影を見てきたせいかいわゆる「売れっ子」に手厳しい傾向がある。ただ、責める気にはなれない。私だって、高遠陸翔に出会っていなかったらいまだに彼と似たような偏見を抱いていたはずだ。立っているだけで仕事を得られるアイドルなど、泥をすってきた自分たちとは違う世界の人間だと。

幸いそこで「お時間です」と声がかかり、自然と話は終わった。出演者たちが完成披露会見に向かう後に私も続こうとしたとき、壁際の鏡越しに海と目が合った。

「あの映画、私の幼なじみが大好きで」

初めて挨拶をしたとき、彼女は私と高遠陸翔が主演を務めた作品の名前を挙げてそう言った。週刊誌に熱愛疑惑を書き立てられる前の話だ。

「あれで吾妻さんのファンになったそうです」

自分が、ではないことを冗談めかして指摘しようか迷ったが、それが世界一大事だと言わんばかりの真剣な表情に圧倒されて、ただ「すごく嬉しい、ありがとうって伝えてください」と素直に答えた。

熱愛報道以来、とくに同性からの私への評価は急落している。彼女の幼なじみも、きっともう私のファンだと言ってはくれないだろう。海もたぶん、その好意を裏切った私を快くは思っていない。似ていないという意見は変わらないのに、あの目でまっすぐ見つめられると、世間のみならず昔の自分にも責められている気がした。

　ダブル主演の相手が年下の人気アイドルと聞いたとき、自分は主演とは名ばかりの添え物だと覚悟した。初めて高遠陸翔と顔を合わせたときも、彼のトレードマークである明るい笑顔にむしろ反感を覚えた。私が死ぬほど欲しかった主役の座を、この笑顔ひとつで簡単に得られる彼には、きっと手に入れられないものなどないのだろうと。

　蓋（ふた）を開ければ、彼は台詞を完璧に覚えてくるのはもちろん、監督と何度も相談して役を深掘りし、ダメ出しにも懸命に食らいついた。反面、休憩中はつねに例の笑顔を絶やさず、だれに対しても分け隔てなく接して緊迫しがちな現場を和ませた。

　立場上、態度が悪いとすぐ噂が立つから猫を被っているのだと最初は思ったが、どれだけ過酷な撮影でも彼が変わらないのである日とうとう訊いてしまった。なぜそんなにがんばるの、そこまでしなくてもあなたのファンは映画を見るでしょう？

「はい、見てくれると思います。だからこそ、いいかげんな姿は見せたくないんです。僕のファンの人たちは優しいから、陸翔ならやれるって信じて応援してくれています。その信頼を裏切れないので」

　こちらがたじろぐほどまっすぐな答えに、私は自分の無礼を悟って赤面した。

「ファンの人の存在は、高遠くんの原動力なんだね」

「うーん……正確には、力の半分かも」

「半分？」

「僕の参加したオーディション、五千人以上の応募者がいたんです。それだけの人の夢を踏み台にして、自分だっていろんなものを捨てて辿り着いた場所で、適当なことできませんから……応援してくれる人の陽の力と、犠牲にした人の陰の力で、初めて前に進める。だから、半分」

「高遠くんにも、捨てたものがあるんだ」

「吾妻さんは違うんですか」

「いや……むしろ、仕事以外は全部、捨てたかも。好きなものを手に入れながらここまで来られるほど、器用じゃなかった。捨てたぶん覚悟も決まった。だから後悔はない、けど」

　個人的な葛藤を吐露することは避けてきた。弱みを晒せばそこから甘えが生じると思い、なにがあってもひとりで引き受けるつもりでいた。にもかかわらず、自然と深い内面を打ち明けてしまった自分に自分でも戸惑ったが、彼はなぜか納得した様子で「そっか」と笑った。

「けど……ですよね。なんか、わかります」

　後悔はない。「けど」、寂しくないわけじゃない。人に理解されない孤独を、なんとも思わなくなる日は来ない。

そう覚悟してひた走ってきた道の先で、同じ覚悟を抱えた存在に出会えたことを、当時の私は愚かにも、奇跡かもしれないと勘違いした。

会見後に控室に戻ると、体が甘い香りに包まれた。その源はもちろん、あの白と茶色の花束だ。陰と陽の模様を思わせるそれを見た瞬間もしやと思い、添えられたカードで確信した。わざわざ「単独」での主演を祝うのは、それ以外の形の主演作に関わった人間に他ならない。

「明日の見出しはきっと高遠一色ですね。いなくても話題を総取りなんてさすがだなあ」

緩みかけた心を引き締め、私は共演者に「ご迷惑かけます」と頭を下げた。

――悪女の芝居に経験は生きましたか？

――最近若返ったのは恋の賜物（たまもの）ですか？

――『向日葵の君』は、今回も最前列で見守ってくれるんでしょうか？

世間で「純真な青年が年上の女にたぶらかされた」と言われているのは察していたとはいえ、マスコミの執拗（しつよう）さは想像以上だった。たぶらかされた、なんて、陸翔に失礼だ。私たちは互いの仕事に敬意を払い、だれにも恥じない距離を保っていた。私が彼に上からものを言ったのは一度だけ。報道の直後、私が誹謗中傷を受けたことを謝りたいと連絡を受けたときだ。

「この連絡自体、迷惑なのがわからない?」

まさに今回の映画で自分が演じた酷薄な悪女を、電話口で憑依させつつ私は告げた。

「二度と私の人生に現れないで。これ以上、私の仕事の邪魔をしたら許さない」

どこで目撃されるかわからないから、おそらく彼は公開中に映画館に現れることすらないだろう。ただ、そこまでして関係を断っても、みんな勝手に想像を膨らませる。言われたとおり、きっと今日の記事は「向日葵の君」一色だ。陸翔の笑顔が向日葵に喩えられているのは噂に聞いていたのに、それが彼や彼のファンにとってどれだけ重大な意味を持つか、思い至らなかったのは私の落ち度だ。こんなふうに追及されると、あのときの自分がどれだけ軽率だったか痛感させられる。

悔しいし申し訳ない。私を抜擢した監督に、一緒に作品を創り上げた関係者に。自分のことをよそに、私に迷惑をかけたとまた胸を痛めるのだろう高遠陸翔に。

「俺たちみたいな役者がアイドルと共演しても、やっぱり百害あって一利なしですね。芝居のことなんかなにもわかってないし、客は顔しか見ないからゴミみたいな演技でも絶賛して、そのくせやれ距離が近いだなんだってこっちにいちいち難癖つけてくるし。製作陣だって、客寄せパンダを使って本気で名作を撮ろうなんて思っちゃいないでしょう。付き合わされるほうがいい迷惑ですよ。ねえ？」

　慰めのつもりだろう台詞に、平静を失いかけた。だが、私が彼を庇うわけにはいかない。また下世話な憶測を招いて疑惑を再燃させてしまうだけだ。私は、彼のためになにもできない。

「……あんたになにがわかるんすか？」

　口に手をやったのは、心の声が漏れたと思ったからだ。共演者の視線を辿って振り向くと、花に寄り添うようにして海が立っていた。

「びっくりしたー、急になに？　海ちゃん」

「こっちがびっくりです。まだいるんだ、転職したり副業したりするのが当たり前の時代に、そんなつまんない職業差別する人」

　彼女のマネージャーが「海ちゃん！」とさっきの比にならない声で制止したが、海はそれを振り切って自分より背の高い相手を睨み上げた。

「演技のうまいヘタはあたしにはわかんないけど、少なくとも、そんな適当な作品ならあんなに感動する人いないです。気に入らない相手が出てるだけでそんな評価もできなくなるとか、目が節穴なんすね」

「海ちゃん、高遠のファン？　大人になろうよ。そんなふうに言いたいことばっか言ってたら、この世界ではやっていけないよ？」

声の芯にほんの少し混ざる怒りと動揺は、余裕ぶった芝居で巧妙に隠されている。自分は言いたいことを言っておいて、その台詞はさすがに卑怯だ。止めようと口を開きかけたとき、海は薄い風船が破けるように感情をあらわにした。

「大事な人の大事なものをバカにされて黙ってるのが大人なら、そんなのなりたくない！」

ミウっ、と半狂乱で本名らしい名前まで叫びながら、海のマネージャーが彼女の腕を掴んだ。その瞬間、私は彼女を抱き寄せるように背後に庇っていた。呆然とする共演者や海のマネージャーのみならず、その場の全員に、そして海を通して、私と陸翔の映画を好きと言ってくれた彼女の大事な人にも届くように、私は自分の持ついちばん響く声色で、女王のようにはっきりと宣言した。

「高遠陸翔は、私の大切な作品の、大切な相手役です。侮辱（ぶじょく）するのは、やめてください」

私は大人で、プロの役者だ。自分と大切な人の、大切なものを守るためなら、芽生える前から世間にも私自身にも否定され、咲くことのなかった小さな本心を人知れず葬る（ほうむ）覚悟くらいはある。きっとそれは、いまもどこかでアイドルとして笑っているはずの陸翔も同じだ。

でも、彼が最後に贈ってくれた、陰と陽、前に進む力を模した花が咲くあいだだけは、せめてこの気持ちを悼ませてほしい。

海の手が私の腰に回され、赤ん坊のように強くしがみついてきた。大人になりたくないなんて、言わせてごめん。そんな思いを込めてその手をそっと撫でると、柔らかい肌から甘い香りが淡く匂い立った。

十月　カトレア「わがままな美人」

　その女性客は初めて私の運転するタクシーに乗ってきたとき、ハンドル脇の一輪挿しを見て「こういう細やかな気配りは、女の人ならではね」と言った。いまの時世、同性からこの手の大雑把（おおざっぱ）な褒め言葉をかけられるのは珍しいと思いつつ、私は指定された美容皮膚科へと出発した。

「助かるわ。クリニックの行き帰りにはお化粧ができなくて、電車に乗れないから。みっともない顔を晒して歩くわけにはいかないし。通行人の顔なんてだれも見ていない、なんて平気で言う人もいるけど、礼節の問題だもの」

　言葉のとおり、バックミラーに映る彼女は車が走り出してもつば広の帽子と大きなサングラスを取らない。そのせいで顔のほぼ全体が影に覆われている。正確な年齢は不明だが、声質や口調からして中年とされる世代ではあるだろう。にもかかわらず、彼女の口調には「家族は大切にするべきだ」とか「出された食事を残してはいけない」といった、大人に教わったルールをそのまま諳（そら）んじる幼児にも似たかたくなな生真面目さがあった。

「あなたの顔のそれは治らないの？」

バックミラーの中で、ここ、と彼女は帽子とサングラスをずらして自分の頬を指さした。案の定、ようやく全貌が見えたその肌にはシミもシワもなく、ほくろさえ右目の下の泣きぼくろだけだ。まるで大病の容態でも訊くような気遣わしげな口調だったので、私は彼女の言う「それ」が他ならぬ私の顔、マスク越しに覗く両頬のシミのことだとしばらく気がつかなかった。

「どうでしょう。とくに治療していませんので、わかりかねます」

「いつからあるの」

「さあ……気がついたら、ですかね」

「シミじゃなくて肝斑（かんぱん）？　昔は一生取れないと言われたものだけど、いまはかなり技術が進んだのよ。種類次第では保険適用で治ることもあるし、カウンセリングだけでも受けてみたら？　私のかかりつけを教えましょうか」

「お気持ちだけ、頂戴しておきます」

「大丈夫、話を聞くだけなら何千円とかからないから。あなたのお仕事だったら、ダウンタイムを気にする必要もないでしょうし――」

「お客様」

我ながらタクシー運転手としてはベテランの域に達し、そのぶん歳も重ねた。法に抵触する行為以外はたいてい受け流せる。だから、口を挟んだのは気分を害したせいではない。ままごとで泥団子を友達の口に押しつけて食べさせようとするような行き過ぎた無邪気さが、おせっかいにも心配になったからだ。

「これは私の顔です。領域、とも言えます」

「もちろん。だから、無理には勧めないわ」

「なにも盗まれず、逆になにか受け取ったとしても、土足で自分の領域に侵入されれば、抵抗を覚えて然るべきかと思います」

なにかあればすぐ停車できる路肩を横目で探しつつ、私は何食わぬ顔で運転を続けた。

「それはルッキズムというやつかしら。夫が言っていたわ。欧米では、人の能力を容姿で判断することは御法度なんですってね」

「専門的なことはわかりかねますが……」

「顔はみんなに見える場所にあるし、実際、だれでもまず顔で人を判断するのに。仲良くなれそうとか、信用できなさそうだとか」

「それは容姿に意見することとは別かと」

「たとえばテレビで芸能人を見たら、好みとか違うとか、太ったとか老けたとか、みんなで言うでしょう。見た目で人を判断するのが楽しいからじゃないの？」

「さあ、私はそういった経験はあまり」

「言わないにしても、思うでしょう。相手が芸能人でなくても、たとえ直接伝えなくても、人の顔に気になる箇所があれば、みんな、そこを一瞬じいっと見るじゃない。すぐに目を逸らしたとしても、ダーツで狙って刺し止めるみたいに」

そんな目線に晒されたことがあったか、あったとしてどう感じたか、私自身はとうに忘れた。だが、彼女の言い方は少なからず「刺された」経験があることと、その痛みが思い出せる程度に鮮明であることを物語っていた。

「見た目で人を判断するのは、美しくない人たちだけに許された特権なの？」

答えあぐねるうちに車は目的地に到着し、彼女はカードで支払いをして「お世話様」と降りていった。職業柄、一度降りた客とは二度と会わない。考えるのをやめて次の仕事に向かい、そんな出来事があったことすら忘れかけたころ、会社から「顔にシミのある女性運転手」に指名があったと気まずそうに伝えられた。よもやと思いつつ伝えられた場所に赴くと、そこは見覚えのある高層マンション前で、やはり見覚えのある、女優帽とサングラスをつけた女性が颯爽と乗り込んできた。

「あなたに言われて、あれから考えたの。あの日はごめんなさい。だれにでも人に触れられたくないことはあるわよね。あなたの場合、それが顔のシミだったということよね？」

一輪挿しを褒めたときといい、彼女の善意は微妙な場所に刺さる上に抜けづらい。それこそ下手なダーツのようだ。ただ、わざわざ謝りたいという気持ち自体は尊重するべきだろう。

「恐縮です。お気になさらず、こちらこそ出過ぎたことを申しました」

「相手の領域に入れてもらう前に、自分の領域にお招きする。それが、お友達を作る上で大事なことだと気づいたの」

私は安易に「ええ、そうですね」と相槌を打った。そこから、クリニック以外の場所に赴く際にも時間が合えばしょっちゅう呼ばれ、延々と彼女の身の上話を聞かされる日々が始まるなどと、想像できるわけもなかった。

「あなた、ちっとも自分の話はしてくれないのね。なんだか私ばっかりしゃべっているみたい」

とうとう不服を申し立てられたのは、いつものクリニックで施術を受ける彼女を二時間待ち、自宅へと送っていく最中だった。

「申し訳ありません、勤務中ですので」

「少しは心を開いてよ。こっちは、家族にも親友にも話さないようなことまで打ち明けているのに」

　それは家族でも親友でもないからだ。タクシー運転手が個を消していればこそ、乗客は密室に二人きりでも警戒を緩められる。本来なら墓場まで持っていくような告白も、相手に自我がないと思うから安心して吐き出せる。おそらく私と同世代、聞くかぎり人生経験（もっぱら恋愛経験）も豊富な彼女に、そういう機微を教えた相手はいなかったのだろうか？　多くの人が彼女のことを、佐和子は美しい、佐和子は特別、佐和子のためならなんでもする、と褒めそやし、その身を賭(と)して尽くしてきたらしいのに。

「個人的なことを打ち明けなくても、人と距離を縮めることは可能かと思います」

　少なくとも、私には荷が重い。もっと話せという要求にさえ戸惑っているのだ。

「どうやって？　お天気の話しかしない相手と、親しくなりようがないじゃない」

「ありますよ。以前乗せたお客様とは、ここに挿したお花のことでご乗車のあいだじゅう話しつづけました」

「……今日のお花の名前は、なんと言うの」

「カトレアです」

　そう、きれいね、という口調に滲む困惑に、マスクの下で笑いそうになる。だが、どうにか話題を探して言い淀む様子がどこかいとけなくも感じられ、私は子供に語りかけるように「蘭(らん)の女王と呼ばれていて、これは赤ですが、白や黄色などたくさんの種類があります」と、少しでも興味を持ちやすい情報を補足していた。

「そうなの。人気があるお花なのね」

「いまでこそ広く流通していて、様々な交配種がありますが、栽培可能になるまでには発見から何年もかかったそうです。美しさだけではなく、その気位の高さも女王と呼ばれる所以(ゆえん)なのかもしれません」

「ずいぶんな言いようね。花が命じたわけでもないのに勝手に惹かれておいて」

バックミラーを確認する。彼女は花をきちんと見るためかサングラスを外し、黄色の花芯から複雑なひだの入った花弁を広げるカトレアに、ダーツの矢で射抜こうとでもするような視線を向けていた。

「なにかを思いどおりにしたがるのは自由だけど、そうならないことを相手のせいにするのはずるいわ」

「たしかに、おっしゃるとおりですね」

「最近気がついたの。みんな、美しいものは扱いづらい、いつかは孤立すると思いたいのね。だから美しさをさんざん楽しんだら、今度は落ちぶれていく姿を楽しみにしてる。まるで罰でも与えるみたいに」

これまでに打ち明けられた「ここだけの秘密」は、ほとんどが三文雑誌のゴシップ記事のような色恋沙汰だった。どぎつい修羅場を大仰に語られたところで、彼女の主演した映画のあらすじでも聞いているようだった。平坦に投げ出されたいまの言葉は、具体的な情報がないにもかかわらず、初めて彼女自身の内面を浮き彫りにした気がした。

「私は、花が枯れていくと寂しくなります。ただ、悪趣味ですが、私だけが孤独に死に向かっているわけではない、ひとりではないのだと、少し安心してしまうのも事実です。それは、落ちぶれるのが楽しいという感情とは違うように思います」

くるりと丸くなった瞳と優美なカトレアの花弁を、交互に視界の端に入れながら私は言った。

「毎日たくさんの人と話す仕事をしているのに、孤独を感じることがあるの？」

「ありますよ。どれだけ話をしたところで、車を降りれば私を覚えている人は……まあ、ほとんどの場合、いませんから」

「それなら、なぜこの仕事をしているの」

「自由だから、でしょうか。会社に属してはいますが、基本、働き方は個人の裁量ですので」

打ち明け話をせずともわかることはある。彼女はおそらく、本当に人と距離を縮める手段を知らない。ずっと大勢の人に囲まれて生きてきたらしいのに、自分たちがなにを喜びなにを嫌がるか、だれも彼女に教えてあげなかった。みずから判断するにせよ、孤高の女王として大人になった彼女の価値観を理解できる相手はきっと少ない。ましてや、女王の機嫌を損ねてまで異議を唱え、対話を重ねてくれる真摯な家来など、いまさら現れたとしたら奇跡だ。

「その気になれば、車ひとつでどこまでも行ける。この体は、私だけが自由にしていい。その結果として孤独を感じたとしても、そう思えることが、私にはなにより大切でした」

実のところ、私はそこまで立派な魂の持ち主ではない。ひとたび車を降りれば中年女としてのしがらみが幾重にも待ちかまえているのが現実だ。だが、いまはどうにか奔放な女王に伝えたい気がした。たとえ孤独を感じても、あなたが不幸になるとはかぎらない。少なくとも、それを望まない人間もいるのだと。

マンションの前に停車すると、彼女は珍しく財布から一万円札を取り出した。トレイに置き、お釣りを出そうとすると「いいの」と手を振る。訝りつつも素直に礼を言い、私はふたたび前を向いて後部座席のドアを開けた。

「またのご乗車をお待ちしております」

「いいえ。あなたのことはもう呼ばない」

きっぱりと言われ、思わず振り向く。サングラスと帽子でもう目は隠れていたが、その口元は言葉と裏腹に、シワが刻まれることも厭わない晴れやかな笑みを浮かべていた。

バックミラーに、凛と伸びた背中が去っていく様子が映る。映画のラストシーンのように完璧な光景だった。後ろ姿まで美しいことは、本来うらやまれるべきなのか、憐れまれるべきなのか、私にはよくわからなかった。ただ、彼女をダーツのように視線で刺し止めてしまう前に目を逸らし、車を発進させた。

女王の従者が孤独なタクシー運転手に戻ることを、人の機微を解さなかった女王がみずから許可した。その変化が彼女にとって良いものであることを祈りつつ、与えられた自由を享受すべく、今日は予定より遠くへ行こうと思った。海か山か、とにかく、遠くへ。

十一月　ホトトギス「永遠にあなたのもの」

茶道教室の生徒さんが全員帰った後も、母は茶室から戻ってこなかった。煮物を温める火を止めて離れに向かい、入口で「お母さん」と呼んでも返事はない。嫌な予感に駆(か)られ、急いで上がって襖を開けると、がらんとした茶室でいつものように背筋を伸ばして正座した母が、稽古の記録をつけているノートをめくっていた。

「立ったまま、茶室の敷居を踏むとはね」

渋面(じゆうめん)で言い放たれて、倒れているのではないか、と一瞬でも心配したのがばからしくなった。

「しかたないでしょう。私が稽古を受けなくなって、何十年経つとお思いですか」

実の母に敬語を使う癖のせいで、私たちはしばしば嫁姑と勘違いされる。人望の厚い茶道師範の娘にもかかわらず、私が稽古に参加しないことも誤解を招く遠因らしい。実際にそうならよかったのに、とも思う。他人同士なら、もっと道理が通用することも多かったろう。

「お茶に関してはもう、とっくに未咲のほうが先輩です。そろそろ次のお免状も取らせるんでしょう？」

「あの子にはあきれたわ。年に一度の炉開きの稽古を休んで、家出だなんて」

「お友達に心当たりを訊いてみましょうか」

「いいえ。あの子は、少し痛い目を見るべきだわ。人の顔色をうかがってばかりいたから、自己主張の仕方を知らなくてこんな駄々っ子じみたふるまいをするの。自分の行動に責任を負うとはどういうことかを考えさせましょう。その上で、独り立ちするなら早くさせるのが私たち家族の義務でしょう」

　母の言葉はいつも正しく、迷いのない態度は多くの人を惹きつける。茶道教室の場所を変えても、生徒さんの大半がついてきてくれたのもその証拠だ。大樹の陰に安らぎを求める旅人のように、だれもが歩き疲れて母のもとに集まる。ただ、生まれたときからその偉大さを見上げつづける運命にある、根元の小さな雑草の存在にまで目を向ける人は多くない。

「茶花、そのままになさったんですね」

　片付けたはずの茶の間には、瓢形の花入れが出されたままだった。細長い白い花弁に紫の斑点が散る可憐なホトトギスは、昨日、私が買って帰ったときよりも少しくったりして見える。他を用意する時間がなかったんだもの、と母は仏頂面で答えたが、秋の茶花など調達しようと思えば如何様にでもなる。彼女なりに、孫娘の初めての反抗に思うところがあったのだろう。

「おまえは先に夕飯を済ませて休みなさい」

「わかりました。今日は蕪と豚肉の煮物です、立派な聖護院が買えましたので」

「子供や犬猫じゃあるまいし、人を食べ物で釣ろうなんて魂胆は浅ましいわよ」

互いの考えが手に取るようにわかるのは、私たち母子にとってむしろ不便だ。

「未咲なら、こういうとき素直に釣られてくれるんですけどね。あの子も蕪に目がありませんから」

我ながらあてつけめいた台詞を、とうとう母は完全に黙殺した。


何事にも筋を通す母が理屈抜きに嫌う数少ないものが、フジツボや蜂の巣といった小さいものの集まりだ。集合体恐怖症という概念が有名になる前から、水玉模様の服を買ってもらった記憶すらない。それなのに茶花にホトトギスを用意したことで、稽古の前日、私は母から強く咎められた。

「どうして毎年頼んでいるのに忘れるの？」

「ごめんなさい。他によさそうなお花が見当たらなくて」

「そんなことがあるものですか。菊も盛りだし椿も出回る季節でしょう。昔から、そうやって肝心なときに苛立たせるんだから」

「おばーちゃん、もうやめてよ。お母さんさっきから謝ってるでしょ」

いつもなら、あの程度の文句は聞き流していれば収まる。勝手が違ったのは未咲が割って入ったことだ。おばあちゃん子の彼女は自分の祖母に気安い口を利くことはあっても、本気で異を唱えたことは一度もなかった。

「謝られたところで、毎年懲りずに繰り返されたら世話はないわ」

「もともと、おばーちゃんは要望が細かいんだよ。それでもお母さんが言いつけ忘れるなんてめったにないじゃん。お稽古で生徒さんが何度も同じ失敗しても笑ってるくせに、どうしてお母さんのことだけ許さないの？　私はホトトギスが好きだよ。茶花としては普通のものなんだし、そんな言い方しなくてもいいのに」

「未咲は黙りなさい。おまえの好みは聞いていないわ。私が、好きではないの。視界に入ると心が乱れて点前に支障が出るから、何度も頼んでいるの。そのたびに忘れられたら腹も立つでしょう。私に悟りでも開けと言うの？」

母も、いつもと違う孫の様子に驚いたのだろう。とっさに腹立ち紛れの鋭い言葉で切り返してしまい、大好きな祖母から急に矛先を向けられた未咲は逆上してつい口を滑らせた。

「そんなに嫌いなら、花くらい自分で用意すれば？　気に食わないものは難癖つけて追い出して、お気に入りだけでまわりを固めて、ひとりで気持ちよくなってればいいじゃん。この教室もずっとそうやって守ってきたんでしょ？」

母が人に言い負かされて黙ったのは、私の知るかぎりあれが初めてだ。未咲は溜飲を下げた様子もなく、自分の言葉に傷ついたように青い顔でその場を立ち去り、自室から一晩出てこなかった。翌朝、なかなか茶室に現れないことに気を揉んだ母がドアを開けると、もう部屋はもぬけの殻になっていたらしい。

「あの粗忽者が、とっさに書き置きを残しただけでも上出来かもしれないわね」

表向きは平然と稽古をしていたが、母が消沈しているのは明白だった。未咲の言葉は存外、核心を突いていたのだ。みんなに愛想よくしていては集団の秩序は保てない。ときにはだれかを厳しく諫めたり、切り捨てたりしなければならないこともある。未咲も頭ではわかってはいたものの、いざ目の当たりにして、しかも相手が学生時代からの友達とあって思うところが募っていたのだろう。我が身を省みれば、気持ちはわかる。

そしておそらく、母が傷ついたのはもうひとつの理由も大きい。自分の存在に耐えかねた家族に出ていかれるのは、彼女にとってこれが二度目だ。最初は私。いまの未咲より、十歳以上も若いときだった。

いまだに母の教室が男子禁制なのは、私が初めて、そして最後に恋をしたのが母の教え子だったからだ。母からすれば飼い犬に手を嚙まれた気分だったのだろう、葛藤する彼を押し切ったのは私だったのに。母は私にはなにも言わず、彼が私より年上であることや、持病があることを持ち出して彼ひとりを責めた。自分が叱られることより、そのほうがよほど耐えがたかった。

このまま母のもとにいれば、たしかに私は世間に恥じない人生を送れるだろう。やっと自分で見つけた大事な存在を、自分で納得できないうちにあきらめながら。

「もう、お母さんの答え合わせをするだけの人生は嫌なんです」

初めて私に敬語を使われた母は、一瞬だけ眉をひそめた。いままさに娘を失おうとしている母親とは思えない冷静さだった。

「私、うちには二度と戻りませんから」

そう宣言した私を、母は凪のような無表情で見返した。反対するでも説得するでもないその態度に、お手並み拝見と嘲笑されている気がした。

「そう願っているわ、私もね」

夫は未咲が幼いうちに亡くなった。書斎で仕事中に発作を起こし、私が見に行ったときには冷たくなっていた。もともと体が弱かったとはいえあまりに突然で、追い詰められた私はまともに育児ができる状態ではなくなり、生前夫から頭を下げられたという父に説き伏せられて実家に未咲を預けざるを得なくなった。早く娘を迎えに行くのだという一心であがいたものの、意地だけで現実はままならない。限界を迎えかけたところに今度は父の訃報(ふほう)が届き、葬儀場で数年越しに母と再会した。

「帰ってこいと言っても無駄ですよ」

「その必要はないわ、家は売りに出すから」

真顔で言われて絶句した。父との思い出が詰まった、いや、なにより大事な茶道教室の生徒が集う場所を、この人が手放す？

「私はそちらの家に移ります。未咲と一緒に。教室をやめる気はないから、離れかなにか、場所は用意しておいてちょうだい」

夫が亡くなって以来、離れはほぼ手付かずになっていた。母がそこまで知っていたかはいまだに聞いていない。でも、と反論しかけた私を黙らせたのは、時が経っても衰えない彼女のまなざしと「このままだと、未咲はだれが母親かわからずに大人になるわよ」という容赦のない一言だった。

「娘より自分の見栄が大事なの？」

そう訊かれたとき、だれがどの口で言うのかと叫びたかった。でも結局のところ、そこでも正しいのは母のほうだった。

朝食の準備のために居間に下りると、食卓の上の一輪挿しに昨日のホトトギスが活けてあった。おや、と思うまもなく庭仕事から戻った母が「おはよう」と席についたので、私も台所に入る。母は健啖家で、とくに朝はよく食べる。冷蔵庫に入れておいた煮物をよそい、おにぎりと一緒に出すと、彼女は少し煮物の皿に触れてから立ち上がりかけた。

「電子レンジにはかけないほうがいいです。これ以上熱を加えると、煮崩れしますよ」

母が中腰のまま、物問いたげに私を見る。

「昨夜、予定より長く火が入ってしまったので。蕪は一瞬前まで大丈夫と思っていても、いきなり崩れてぼろぼろになりますから」

「おまえに説教されなくても知っているわ」

「何事も、程度を見てどこかで妥協して、騙し騙しなんとかするしかないですね」

「朝からいちいち回りくどいったら」

熱いほうじ茶を淹れて煮物の隣に置くと、母はしぶしぶ座り直し、いただきますと手を合わせた。憎まれ口と裏腹に、対面に座っても目は合わない。その視線は食卓の中央のホトトギス、苦手なはずの花を、逃げ出したくなるほど凝視している。

昔は私も、この妥協を許さないまなざしから逃れられなかった。そのことが苦痛だった。それなのにいまとなっては、ときどきこの顔を確かめたくなってしまう。

そしておそらく、母も私のそんな下心にうすうす気がついている。この家でだれの共犯にもならず、完全に潔白なのは未咲だけだ。

「未咲は、仕事には行っているのかしら」

「さすがに黙って休むことはないでしょう。ああ見えて、根が真面目ですから」

「あの子が最後に包丁を握ったのはいつ？」

「コンビニがあれば困りませんよ、いまは外食の選択肢も多いし」

「慣れない環境で体でも壊していたら」

「片付きませんので、早く召し上がってください。あの子はもう大人です。助けが必要になったら、自分でそうと言ってきます」

我ながら説得力がないが、母が私に、そう言ってほしがっているのはわかっていた。

「真砂」

長いあいだ、私と母のあいだに名前は必要なかった。母に話しかけられるときは声色でそう察せられた。未咲は口にこそしなかったが、その呼び方に違和感を覚えていることは、母が「ちょっと」とか「ねえ」とか言うたびにほんの少し翳(かげ)る表情から伝わってきた。

いまの時代の若者らしく、潔癖で公正な娘には、私たちの関係はきっと理解し得ない。それでも、ちゃんと自分の口から伝えなくてはならなかった。母にこんな態度をとらせるくらいなら。

「……帰ってくるのかしら、あの子」

初めて聞く、すがるような母の声だった。

ぐっと胸が詰まり、その直後、駄々っ子のような憤りが湧いてきた。私に対しては、一度もこんなふうに呼びかけてくれたことはなかったのに。

「帰ってきてほしいなら、素直に伝えたらよろしいじゃありませんか。正しいとか間違いとか、そんなの、あなたひとりで決められることでもあるまいし」

私は立ち上がり、ホトトギスの一輪挿しを取って台所に運んだ。食卓から死角になる調味料棚の脇に置くと、殺風景な光景が妖精でも現れたように少し華やぐ。席に戻ると、母が戸惑ったように私を見た。その視線にいつもの、心の奥底まで暴くような鋭利（えいり）さは感じられなかった。

「苦手なものを、無理してそばに置いておく必要はありません。きれいな花でしたらなおのこと、大切にしてくれる人は他にもいます。時間が解決するということもありますし」

「でも……」

「そんなふうに克服しよう、理解しようと始終睨まれたら、花だってかわいそうです。あなたは昔から、わかりにくいんですよ」

母は初めて私の言葉に口をつぐみ、蕪にそろりと箸を入れた。私もそれに倣(なら)いながら、胸の内でつぶやく。いつもの以心伝心はここでも発揮されるだろうか——お母さん、私がいまもあなたと一緒にいるのは、あなたが正しい人だからではありません。ただ、もう一度、あなたのそばにいたいと思ったからですよ。

十二月 ブルーローズ「夢叶う」

たかだか十日の入院で、殺風景だった病室のベッドまわりの様相は一変した。瓶詰めの宝石のようなフルーツポンチ、老舗(しにせ)和菓子処とフランスのパティシエが共同開発した限定品、薄い花弁を重ねた薔薇(ばら)に見立てた焼き菓子。これだけ一気に贈られるとひとりではお手上げで、当初は来るなと伝えていた娘の真砂を病院まで引き取りに来させる羽目になった。

「回りくどい言い方をするから悪いんです。生徒さんにも、私に言ったように『足の指のひび程度でお見舞いに来ないで』とお伝えすればよかったでしょう」

「お稽古を中止にした上に『お見舞いは遠慮します』なんて言ったら、まるで深刻な怪我でも隠しているみたいじゃない。ほんの冗談のつもりだったのよ、先生ってば、かぐや姫じゃあるまいし、なんて笑ってもらえると思って」

「おばーちゃん、理解されない冗談で人に気を遣わせるの『すべった』って言うんだよ」

絶句していると、娘は飄々と「……と、未咲なら言うでしょうね」と、目下家出中の孫娘の名前を出した。言い返そうとした矢先に病室の扉が開き、教室の生徒である結城さんが「先生、お加減はいかがですか?」と花束と紙袋を携えて入ってくる。あら結城さん、と真砂が涼しい顔で先に答えた。

「年の瀬にわざわざすみません。まあ、素敵ですね、ブルーローズですか」

「中園さんからお預かりしました。先生はたいていの甘味をご存じだから、ご所望だった『私が見たことのない珍しい見舞いの品』は花しかないと思って、花屋にお勤めのご友人に頼んで取り寄せたんですって」

「……もう、二度と『すべる』のは御免だわ」

ひとりごちた私と失笑する娘を、結城さんは不思議そうに見比べつつ「災難でしたね、段差で足を踏み外してしまわれるなんて」と生真面目に言った。

「でも、ひびが入るほど転ばれたのにお顔を打ったりしなくてよかったです」

無邪気ないたわりに言葉を濁す。まさか、つまずいたはずみで茶釜を足に落としたのが原因などとはとても言えない。無様な七転八倒を見ていたはずの真砂がちらりと私の顔を一瞥したが、武士の情けか、それに関しては触れずに話題を変えた。

「だいぶ世間に浸透したとはいえ、こうして青い薔薇を見るとやっぱり特別な感じがしますね。私が若いころはまだ、ありえない絵空事の代名詞だったのに」

「ええ、昔は花言葉も『不可能』だったんですよね。そこまで言われてきたものがこうして花開くなんて、ロマンチックですねえ」

「実際に青い品種はまだ珍しいから高価だし、青より紫や灰色に近いの。そこまで鮮やかな青いものは、染料を吸わせた染め薔薇よ」

　二人の会話に補足すると、真砂がなぜか拗ねた子供のように口を尖らせた。なに、と訊くと、それこそ幼いころと変わらないふてくされた声で返される。

「昔から一言多いんですよ。そうやって、いつもよけいなことばかり口にして水を差すんだから」

　結城さんの顔を見るが、笑っているだけでとりなしてはこない。どうやら「一言多い」のは否定できないようだ。溜息をつく。言ったそばから、私はまた「すべった」らしい。

　真砂が帰った後、花瓶に薔薇を活ける結城さんに彼女が来る直前のやりとりを伝えると、彼女は「未咲ちゃん、たしかに言いそう。真砂さんはさすがお母様ですね」と笑った。

「嫌になるわ。不注意で事始めのお稽古をふいにした上に、みんなに気を遣わせて。しかもこの程度の怪我で、お見舞い品もこんなに」

　悔やんでも悔やみきれない。茶道の稽古は一期一会（いちごいちえ）だ。一度休んだからその内容はまた来月、では済まされない。言葉上は同じ「冬」でも、十二月と一月では用意もまるで異なる。今年するはずだった稽古ができるのは、来年のいまごろ。いや、時間が先にしか進まない以上、同じ季節が巡ってきたとて同じ稽古ができるとはかぎらない。まして自業自得の怪我で見舞いまでせしめるなど、自分がひどい業突く張りになった気分だ。

「みなさん、お心遣いには気がついていますよ。先生のお顔が見たいから真に受けたふりをしているんです。本当にお土産を持ってくるのも、少しでも気を晴らしてほしいという大喜利のようなものですから」

「むしろ、気が咎めて笑えないのだけれど」

「ええ。ですから、『すべった』のはお互い様だということでいかがです？」

私も、と結城さんが取り出したのは、彼女の実家がある京都の銘菓だった。

「今年から出ている味なので、初めてごらんになるでしょう。未咲ちゃんも、このお菓子が好きですよね。よろしければご一緒に」

「残念だけど、あの子はお見舞いには来ないと思うわ。遅まきの反抗期みたい」

入院が決まったとき、私は真砂に、未咲には連絡しないよう伝えた。はじめは突発的なものだと思っていた孫娘の家出は、そろそろ一ヶ月に達しようとしている。それだけ意志が固いなら、これ見よがしに気を引いて帰らせても本人が納得しないし、私自身もそんな真似は御免だ。

帰ってきたがらない相手を無理に連れ戻すには、私も歳をとりすぎたし、社会も変わった。たとえ悪意がなくとも、若者の自由な選択に水を差す年長者は老害と呼ばれ、打ち捨てられるべきとされるのがいまという時代だ。

「いいですねえ、反抗期。懐かしいです」

「三十にもなってね。苦労知らずに育てた証拠のようでお恥ずかしいのだけど」

「素敵なことじゃありませんか。苦労を知ると、勝手に強くなってしまいますから。弱くて脆いままでも大丈夫だった、という記憶をたくさん蓄えておいたほうが、後々、生きやすいですよ。自分も、まわりの人たちも」

ものを教える立場になって久しいが、実際にはこうして教えられることのほうが多い。それでも体は一丁前に時を経て、予想外に重さを帯びた自分の言葉に足を取られて「すべって」しまう。若い時分から人に従うのが苦手な私には、弱さや脆さの記憶が足りないのだろうか。人生も後半になってから気がついても、いまさら、どうにもできないが。

退院を翌日に控えた午後、ベッドで稽古の覚書を読んでいると、病室の扉が軽く叩かれる音がした。食事や健診の時間ではないし、見舞いの約束もないはずだが、と訝りつつ「どうぞ」と答えると、真砂と同じくらいの年頃の女性が入口からそっと顔を覗かせる。目線は私より高い位置にあるにもかかわらず、下から機嫌をうかがうように逡巡しているその人に「優里さん？」と声をかけると、彼女はびくんと肩をすくませた。

「橘先生……よくおわかりになりましたね」

「生徒の顔を忘れるほど老いてはいませんよ」

「三十年以上前ですし、元、生徒ですが」

「一度ともに学べば優劣などございません。茶の道の前ではみな初心者ですから」

「そのお言葉、昔からお変わりないですね」

真砂と中学の同級生だった縁で私のもとに来ていた優里さんは、月謝が払えなくなったことを理由に教室を続けられなくなった。未成年の彼女に融通してあげたいのはやまやまだったが、もともと稽古に否定的な彼女の両親が私や生徒たちに嫌がらせをするようになり、しかもその手が真砂に及びかけたとあってはいかんともしがたかった。そこまでの例は極端ではあるが、志半ばで去っていく生徒は残念ながら少なくない。

「すみません、急に押しかけてしまって。付き添いでこの病院に来たとき、先生らしき人を廊下でお見かけして。受付で確認したんです」

「付き添いって、ご家族の具合でも悪いの」

「いいえ、仕事です。今年、介護福祉士の資格を取得して、いまは隣町の施設で働いています。そちらの入居者の方の通院介助で」

「そう。よく勉強なさって、立派だわ」

どうぞ入って、と促すと、彼女はようやくおずおずと近づいてきた。ベッドサイドの椅子に座りながら、床頭台の上の青い薔薇の花瓶を物珍しそうに一瞥する。

「先生は昔、私たち生徒が見当違いな、ありえないことを言うと、そんなのは青い薔薇ですよってよくおっしゃいましたよね。青い薔薇を見ると私、いまだにそのことを思い出すんです」

頭の中で、仏頂面をした真砂がもう一度、よけいなことばかり口にして、と繰り返した。

「立派だなんて、先生に言っていただくのは恐縮です」

「そんなことはありませんよ」

「受付でお名前を出したら、病院の方が笑っていました。こんなに毎日お客さんが来る患者さんは初めてですって。相変わらず、慕われていらっしゃるんですね」

「優しくできる相手にだけ優しくして、それで人望を得たところで立派なものですか」

らしくもなく自虐的になったのは、負い目によるところも大きかった。茶の道が私のよすがでも、他の人にとってもそうとはかぎらない。しょせん余裕のある者の道楽と言われれば、私の立場からはなにも返せない。その言葉に道を閉ざされ、教室を去る生徒の背中を、私は多く見送ったし、ときにはみずから切り捨てた。

私の大事な場所、そこにいるうちはただ、ありのままの自分として存在を許される場所に、いつか戻ってきてほしい。しょせんきれいごとだと知りつつそう祈って別れた生徒たちの顔を、ひとりとして、忘れたことはない。

「先月、孫娘と喧嘩をしましてね。家を飛び出したきり、まだ戻ってこないのよ」

私と真砂しか知らないことを、気がつけば懺悔のように口に出していた。

「人のことなら、わかるの。家族でも自由は尊重すべきだし、かならずしも仲良しでいる必要はない。そう思うのが正解だと。それなのに自分のことはてんでだめ。暇なせいかしら、もう会えなかったらどうしよう、生徒に慕われたところで身内に嫌われているようでは無意味じゃないか、なんて、堂々巡りをしてばかり」

優里さんはうつむき加減に黙っている。

「少しばかり長く生きて、関わった人が多いからといって、なにも偉いことはないのに。いつしか、呪いのように強い言葉しか吐けなくなって。だからこそ正しいことを言おうと気を張っていたら、今度は自分の願いすらわからなくなる始末。どの口で、偉そうにあなたたちに物申していたのかしら。だから……」

　謝罪を続けかけたところで優里さんが顔を上げ、先生、と存外強く遮った。

「私、稽古をやめてからも、なにか間違うたびに先生の顔を思い出しました。実際には見てもいない、あきれた顔や見下す顔を。こんなどうしようもない人間だから先生に助けてもらえなかったんだと、自分を責める呪いにしてきました」

　わかってはいたが、あらためて事実を突きつけられるとさすがに言葉を失う。

「違うんです。大人になってようやく、先生がつねに正しいわけではないと気がつきました。いえ、先生にもどうしようもない現実や、予想できない未来がある、と言ったほうがいいでしょうか。ひたむきに長く生きれば、青い薔薇でさえありえるものになる。先生の存在を呪いにしていたのは、私自身。そんなことにも気がつかず、ずっと失礼なことを、先生、私……」

　今度は私が、彼女の震える手に自分の手を重ね、続きかけていた謝罪を遮った。

「優里さん。ありがとう、また会いに来てくれて。今度、いまの教室にも遊びにいらっしゃい。私はいつだって待っていますからね」

　二週間ほど離れていただけなのに、自宅の玄関先は妙に懐かしく感じられた。

　タクシーを降り、花束を抱えて引き戸を開けたとたん、三和土に揃えられた若者向けのスニーカーが視界に入る。ついさっき真砂に連絡したときは、お気をつけて、と返信があったきりだったはずだ。その靴が示すものの意味に思い至るより前に、突進するように近づいてきた足音が猛然と抱きついてきて疑問を霧散させた。

「……おかえりっ！」

お帰りなさい、と、私はいつも言う立場だった。だれが出て行こうと、戻ってこようと、変わらずに動じずありつづけるのが、この時代の年長者として正しいのだと思っていた。

正しくなくとも、ただ人として、好きな人たちの手を離さないまま、好きな場所で、自分の好きなように最後までありたい。そんな絵空事のような夢のための一歩を踏み出すために、私はずいぶんしばらくぶりに、その言葉を素直に口にした。

「ただいま」

JASRAC　出　2408574-401

本書は、月刊誌『ＰＨＰスペシャル』に連載された「花が紡ぐ物語」（2023年１月号～2024年12月号）を改題し、加筆・修正を行ったものです。

著者紹介

伊藤朱里（いとう　あかり）

1986年生まれ。静岡県出身。「変わらざる喜び」で第31回太宰治賞を受賞。同作を改題した『名前も呼べない』でデビュー。他の作品に『稽古とプラリネ』『緑の花と赤い芝生』『きみはだれかのどうでもいい人』『ピンク色なんかこわくない』『内角のわたし』がある。

PＨＰ文芸文庫　あなたが気づかなかった花

2025年1月20日　第1版第1刷

著　者　伊藤朱里
発行者　永田貴之
発行所　株式会社ＰＨＰ研究所
東京本部　〒135-8137　江東区豊洲5-6-52
文化事業部　☎03-3520-9620（編集）
普及部　☎03-3520-9630（販売）
京都本部　〒601-8411　京都市南区西九条北ノ内町11
PHP INTERFACE　https://www.php.co.jp/
組　版　株式会社PHPエディターズ・グループ
印刷所　大日本印刷株式会社
製本所　株式会社大進堂

ISBN978-4-569-90456-6

赤と青とエスキース

青山美智子 著

一枚の絵画を巡る、五つの愛の物語。彼らの想いが繋がる時、奇跡のような真実が現れる。二〇二二年本屋大賞二位作品、待望の文庫化！

PHP文芸文庫

独立記念日

原田マハ 著

夢に破れ、時に恋や仕事に悩み揺れる……。様々な境遇に身をおいた女性たちの逡巡、苦悩、決断を切り口鮮やかに描いた連作短篇集。

PHP文芸文庫

伝言猫がカフェにいます

標野凪 著

「会いたいけど、もう会えない人に会わせてくれる」と噂のカフェ・ポン。そこにいる「伝言猫」が思いを繋ぐ？　感動の連作短編集。

PHP文芸文庫

おはようおかえり

近藤史恵 著

小梅とつぐみは和菓子屋の二人姉妹。ある日、つぐみに亡くなった曾祖母の魂が乗り移ってしまい――少し不思議でほろ苦い家族の物語。

PHP文芸文庫

炭酸水と犬

砂村かいり 著

「もうひとり、彼女ができたんだ」。恋人の恐ろしい告白を境に、わたしは壊れていく――男女の感情を鮮やかに描く極上の恋愛小説。